KB021256

흐린 저녁의 말들

흐린 저녁의 말들

임성용 시집

반걸음

시인의 말

사람들은 시에 늘 새로운 것을 바라고 전망을 요구한다.

내가 나조차 포장할 수 없는데, 그 안에 무얼 담겠는가.

언어의 성분과 삶의 질량을 생각한다.

나는 애초부터 어떤 불길한 기록에 사로잡혔다.

먼저 죽은 친구가 하늘에 별들을 그리고 있나?

그게 문득, 궁금하다.

차례

1부

2부

3부

4부

1부

두루미

우아하게 하늘을 날아가는 두루미는
모든 힘을 저 가파른 허공에 쏟아붓는다

한 철 집을 떠나며
허겁지겁 밥을 먹는다
두루미 울음이 목에 걸린다

푸른 구름 붉은 구름

나는 구름을 신었다 벗은 발을
물끄러미 바라보다가
부르튼 입술을 발가락에 가만 대어보았다

아침저녁으로 떠도는 구름들이
발가락 사이에서 빠져나왔다
발가락의 통증이 뼈마디를 쑤실 때면
한쪽으로 기울어진 발바닥 아래
섬유공단 신천교를 흐르는 폐수 냄새가 났다
열 개의 발가락들이 물결을 헤엄치고 다녔다

구름은 빛나는 것들의 모든 꽃잎
내 발가락 끝에 숨어 한 시절을 자라났다
아프게 모였다가 방울방울 떨어지는
달의 물방울과 해의 물방울이 구름 속에서 만나
온종일 목젖까지 잠긴 비가 내렸다

발등이 부서지고

한 달을 누워 있다 깁스를 풀고
절뚝거린 지 일 년이 지났다
저린 발등에서 푸른 구름들이 피어났다
날이 몹시도 추운 날엔 죽은 멍 위로
아직 살아 있는 붉은 구름들이 나타나기도 했다

저물녘 강으로 산책을 간다
강물은 노을빛 고운 구름을 입었다
새가 날아오르고 새가 다녀간 자리
더딘 발자국을 몇 개 찍는다

사강의 새

겨울 철새들이
울면서 날아온다

사강으로 온다
나도 사강 간다

아득한 별자리 따라
희미한 산맥이 가리키는 벌판
그리움도 낯선 사강이다

아버지, 아버지, 힘을 더 내세요
어머니, 어머니, 뒤돌아보지 마세요
이제 우리도 이 길을 기억할 수 있어요

우리가 태어나 버려진 곳
버림받아야 사는 곳
별자리와 강물의 안내를 어떻게 믿지요

사강을 그리고 있는 노을은
사강을 잊은 지 오래
우리 헤어져 별빛도 사라져
어디론가 떠날 때가 있겠지만
사강을 건너면 다시, 사강

붉나무

붉나무는
봄에도 붉나무다
푸른 잎 무성한
여름에도 붉나무다

찬 바람 쓸고 가니
붉나무 붉어진다
얼어붙은 붉나무 잎
서릿발도 붉다

붉나무 가지가지
고요히 잠든 벌레들이
죽은지도 모르게 죽고
태어난지도 모르게 태어나고

붉나무 붉은 그늘
멧새가 죽어 있다
홀로 사는 새는

가슴이 붉어져 운다

살다 보니

살다 보니 빚만 모았다.

사랑을 모으고, 인격을 모으고, 문장을 모으고
시간을 모으고, 여유를 모으고, 지식을 모으고
명예를 모으고, 출세를 모으고, 권력을 모으고
아파트를 모으고, 통장을 모으고, 행복을 모으고

나는 그럭저럭 불행을 모았다.

적자를 모으고, 월세를 모으고, 욕심을 모으고
한숨을 모으고, 술병을 모으고, 냉소를 모으고
특근을 모으고, 외상을 모으고, 분노를 모으고
골병을 모으고, 나이를 모으고, 따돌림을 모았다.

부자들은 돈을 모으고 가난한 자들은 뜻을 모은다.
나는 살 뜻은 모으지 못하고 죽을 뜻만 모았다.

흰빛

하얀 달 밭
무명천에 눈 내린 듯

달을 밀어내는 배꽃
어둠 환한
목숨의 그림자도 희다

뼈만 남은
흰빛
누구나 꿈을 모은다
한번은 젖고 한번은 마른다
나는 젖지도 마르지도 못하고
귀신 같은 흉물이다

배밭 골짜기
하얀 달 아래
집 떠난 새가 돌아온다

해바라기

목발을 짚고

해바라기 하나가 다리 절뚝이며 온다

저놈의 해바라기는 왜 고개를 털썩 숙인 채

수많은 꽃잎으로 제 얼굴을 마구 쥐어뜯는지 모르겠다

제 잘못이 아닙니다

가사 상태에 빠진 몸이 잠시 떨렸다

물방울 속에서

물방울 하나가 기다리고 있어
물방울 하나가 잠깐 쉬고 있어
흐르는 것도 없이 스미는 것도 없이
물방울 속으로 걸어 들어갔어
옛 친구는 아무도 찾아오지 않았어
물방울 냄새를 맡고 물방울 눈빛으로
이미 숨을 거둔 나는 물방울로 누워 있었어
쓸쓸하다는 건 살아 있을 때 하는 말이었어
나에게 어떤 무늬의 얼룩이 남아 있는지
죽은 구름이 내 얼굴을 물끄러미 바라보았어
고요히 잠든다는 것, 꿈같이 평화로운
내 얼굴은 한없이 투명하고 맑아졌어
내 눈에는 또 다른 눈들이 빛나고 있어
감지 못한 수많은 눈들이 깨어지고 있어
물방울을 머금은 물방울들이 한꺼번에 쏟아졌어
한 방울 눈물, 한 방울 가슴, 한 방울 목마름

소나무가 있는 풍경

아늑한 저수지 언덕까지 왔다.
물가에서 물새 몇 마리 날아올랐다.
해가 곧 질 듯 쏴아, 바람이 햇무리를 휘저었다.

언덕 아래 소나무가 한 그루 있었다.
부서진 의자는 풀숲에 제 다리를 베고 누웠다.
찻집에서 가지고 나온 따뜻한 차는 어느새 식어버렸다.
그녀의 기울어진 등이 보였다.

소나무 하나가 저수지 전체의 풍경이 되었다.
그녀의 등이 소나무에 반쯤 가려졌다.
그녀는 소나무가 되고 저수지가 되었다.
풀꽃이 지듯 날은 천천히 저물었다.

가슴을 치는 말들이 출렁거렸다.
뿌리 끝에 박힌 이야기들이 떠올랐다.
약속을 잊고 살아온 쪽은 돌아볼 수 없을 만큼 멀어졌다.
그녀는 깊이 모를 저수지 먼 쪽을 바라보았다.

저수지를 채우고 남은 어둠이 소나무 가지에 걸렸다.

물에 몸을 빠뜨린 그림자가 가여웠다.
그녀의 얼굴은 저수지 위에 자그마한 바위로 흔들렸다.
첨벙첨벙, 까맣게 어두워진 그녀는 간곳없다.
소나무가 그녀를 데리고 물속으로 걸어가는 소리가 들렸다.

꽃이 흔들리는 시간

바람 분다
꽃이 흔들린다
꽃의 의지를 벗어나
세차게 흔들린다

바람이 손을 놓았다가
다시 꽃을 흔든다
숨죽이고
꽃이 입술을 내민다
꽃의 얼굴이 가까워진다

정적 이후
꽃의 맥박이 나를 깨운다
꽃의 숨결이 가슴을 누른다
꽃이 흔들리는 몸부림을 느끼고
나는 겨우 꽃과 함께 안심한다

소리치고 싶어도 말문이 닫힐 때가 있다

울고 싶어도 눈물조차 나지 않을 때가 있다

그런 침묵은 깊다

그런 침묵은 뜨겁다

꽃이 꽃 속에서 태어난다

꽃을 가만히 들여다본다

아직 피어나지 못한

꽃이 운다

고래의 섬

비 오는 날의 시간은 천천히 간다
사나흘 동안 두통이 찾아오고
나는 비를 뿌리는 구름 위에 앉아
땅을 내려다본다
나는 땅에 사는 당신을 믿는다

산이 내민 발가락이 보인다
흠뻑 젖은 별에서 밤을 가지고 왔다
불 꺼진 방은 집을 나와 기절해 있다
당신과 나는 정신을 잃고 죽지도 않는다
배 속에 든 딱딱한 음식들이 멀미를 한다

산은 모두 고래의 등이다
바다로 떠나려는 고래는 산을 토한다
물이 차면 산은 섬이 된다
점점 깊어지는 육지에서
조심조심 개 짖는 소리
도둑이 가스 배관을 타고 내려오는 소리

냄새도 발자국도 없는 소리

쨍그랑, 유리창을 물어뜯는 소리

도망치다 붙잡힌 내 발목과 당신 울음소리

토끼

먹기 싫은 저녁을 먹고
식당 뒷마당에서 오줌을 싼다
다리를 시멘트 바닥에 박아 넣으려고
안간힘을 쓰다 넘어진 식당 입간판이
곧 넘어질 듯한 자세를 유지하고 있다
식당 뒤엔 풀밭과 고구마밭이 뒤엉켰다
고구마는 고구마인 줄 모르고 풀밭이 되었다
이곳엔 토끼를 키우면 좋겠다
아삭아삭 토끼가 고구마 줄기를 먹는 소리
토끼는 울지 못한다
평생 한 번도 울지 않고 죽는다
슬퍼하거나 답답해하지도 않는다
큰 개가 오면 도망가지도 않고 엎드린다
큰 개가 토끼의 등을 한입에 덜컥 물면
토끼는 발버둥 치다 이내 포기한다
저기 조용한 토끼 한 마리가 내게로 뛰어온다
토끼처럼 눈이 빨간 나는 얌전히 밥을 먹는다

사각형 하늘

병실 유리창은
유리창 크기만 한 하늘을 보여준다
누워 있어 갈 수가 없네
유리창을 열고 하늘을 볼 수가 없네

조심스럽게 유리창을 떼어냈다
병실 안으로 하늘을 옮겼다
하늘은 날아갈 듯 가볍기도 하고
금방 내려앉을 듯 무겁기도 했다

침대 머리맡에 하늘을 걸었다
벽이 뚫리지 않아 애를 먹었다
사랑하는 사람이 없어
사랑하는 사람이 없어
잘린 얼굴 하나 걸어두지 못했네
깨어지지 않는 하늘 벽에 구름꽃 피네

한낮

땀 흘리는 자가 된다
눈물 흘리는 자가 된다

땀 흘리는 자와 함께
땀 흘린다
눈물 흘리는 자와 함께
눈물 흘린다

삼보일배
엎드려 고개 숙이니
한낮이 깊다

두 손을 모으는 경험
땅바닥에 핀 한 송이 꽃도
가슴을 찌르는 경험이다

컵

컵이 손을 잡는다
술이 가득 담긴 컵이다
손잡이는 커다란 귀와 같다
귓구멍 속에 붙잡힌 손이 차갑다
컵이 천천히 손을 들어 올린다
입술을 응시하는 컵이다
벌컥, 입맛과 호흡
목구멍의 목마름과 온도
컵은 컵으로 만들어졌으니
자신을 말할 필요가 없다
컵은 컵에 충실하다
벌컥, 화를 내지도 않는다
컵이 깨져 사라질 때
컵은 컵을 던지는 손을 피할 수 없다
손은 컵보다 약하다
손이 닳아져 없어지는 시간은 길다
손이 송두리째 달아나는 건 순식간이다
손가락을 까딱, 하고

컵이 비스듬히 기울어지는 시간

황홀한 연주와 노랫소리도 컵이 감싼다

젖은 눈을 바라보는 젖은 컵

컵은 끝내 가슴을 부여잡지 못한다

밤 11시 10분의 피자

밤 11시 10분에 피자 한 판이 우리 집으로 왔다
늦게까지 잔업을 한 아내와 역시 늦게까지 학원에서
기말시험 공부를 한 아들이 피자를 따라 들어왔다
피자는 오토바이를 타고 부리나케 달려왔고
난 피자를 모시고 오는 오토바이를 봤다
딸은 피자가 들어오자 냉큼 피자를
피자를 배달하러 온 아저씨의 손에서 빼앗았다
안녕히 가세요, 나는 내가 시키지도 않은 피자 값을 주고
인사도 없이 돌아서는 아저씨의 등을 바라보았다
옷도 벗지 않고 아내가 아이들보다 먼저 피자를 먹으며
나를 처다보지도 않고 피자를 처다보며 물었다
안 먹지? 난 피자를 좋아하지 않는다
아들과 딸이 피자 한 조각을 놓고 서로를 노려보았다
그때가 11시 30분이었다
피자 가게 아저씨는 피자를 매일 먹을 수 있으니 얼마나
좋을까?
졸업하면 피자 가게에서 아르바이트를 하지 그래?
난 그때, 잠깐 피자가 먹고 싶다는 생각이 들었다

피자가 우리 집을 예고도 없이 방문하는 날이면
난 밤 11시 30분 이후에 도착할 각오를 한다
밥이 없네? 고픈 배를 채우러 피자가 달려오는 시간
먹다 남긴 식빵처럼 딱딱한 밤이 내일이면 또 온다

2부

저곳

누구든 저곳에 올라갈 때
내려갈 생각을 하고 올라간 것은 아니라네

한 발 한 발 허공을 오르는 힘은
오로지 마지막 남은 떨림뿐이라네

저곳
붙잡을 수 없는 바람이 태어나는 곳
밤과 낮 해와 달이 말라가는 곳

저곳
벌거숭이 하늘에서 내려가도
편안히 발 딛을 땅 찾지 않으려네

저 높은 곳
한 사람이 사는 곳

저 높은 곳

한 사람이 죽는 곳

또 누가 평생을 다해
또 누가 목숨을 다해

적암

강에서 태어난 안개는 여태 걷지 못하고
지난밤의 고요를 덮고 있었다

버드나무에 가려 보이지 않던 사람 하나가
성긴 바람의 그물에서 빠져나와 손을 흔들었다

적암까지 태워줄 수 있느냐고 물었다
아직 적암행 버스도 다니지 않는 이른 시간이었다

쉰다섯이라고 했다
쉰다섯으로 뭉친 머리카락이 허름한 집을 짓고 있었다
쉰다섯에 어디 일자리 찾기가 쉬운 일이 아니죠

염색공장을 나와 플라스틱 사출공장을 나와
도로포장 공사장에서 여름을 보냈다고 했다
돈을 못 받아 현장을 찾아왔다 가는 길이라고 했다

적암에 가면 인삼밭에서 가을을 거뜬히 지낼 수 있지요

겨울이면 소나 돼지를 먹이는 농장 일이 그나마 낫지요
말을 더듬더듬 끊어 그는 빠진 앞니 하나를 보여주었다

적암 가는 고갯길을 따라 끈질기게 기어오르는 안개
안개가 인도하는 숲을 지나 언덕 넘어 벼랑 끝까지 갔
으나
적암이 어디인지 이름만큼이나 한없이 적막하고 멀었다

굿당집

굿당집 점쟁이가 미쳐간다
빨간 깃발이 꽂힌 굿당에서
북소리 요령 소리도 그쳤다
오늘은 저고리만 입고
아래는 홀랑 벗고 돌아다녔다
점쟁이만큼 늙은 굿당집 개가
점쟁이를 힘없이 따라다닌다
늙은 개는 주인이 미친 줄도 모르고
점쟁이와 함께 죽을 때까지 산다
접시꽃 핀 굿당집을 하염없이 지킨다
쨍그렁 쩔렁 비바람이 바라 치는 밤
굿당집 낡아빠진 대문이 열렸다
늙은 개가 점쟁이를 물고 끌고 나왔다

나는 광렬이가 좋다

광렬이는 혼자 산다
마누라는 도망가고 아들 하나 데리고 산다
약간 모자랐다
술이나 먹고 동네 밭일이나 했다
품삯도 안 받고 남의 밭에 들어가 일을 했다
밥도 술도 얻어먹을 수 있으니 그만이다
광렬이가 사는 집은 우리 옆집이다
기초생활수급자라서 정부 돈으로 생활한다
받은 돈은 대부분 술값으로 쓴다
광렬이는 간혹 헤까닥한다
누구랑 싸우면 소리만 지르지 한 대도 못 때리고 맞는다
얼굴에 피가 묻고 옷이 찢어져 돌아다니기도 한다
광렬이와 싸우는 사람들은 거의 술꾼들이다
광렬이보다는 똑똑하다고 생각하는 사람들이다
"정치가 뭔 줄 알아, 새꺄?"
동네 슈퍼 평상에서 또 붙었다
광렬이보다 똑똑한 형님들이 광렬이를 혼내고 있다
"하나를 알려주면 둘을 알아야지, 새꺄!"

"형님 말씀이 옳습니다."

"우리 사이좋게 지내자."

"그럼요, 형님이 없으면 저도 없습니다."

"오늘 경로잔치 하는데, 술 처먹고 버릇없이 놀단 죽어!"

"경노가 누군데?"

"어르신이지 누구야!"

"내가 니 어르신이다, 씨바 꺼!"

"뭐? 이 새끼가!"

금방 사이좋게 지내자 해놓고 경로 때문에 또 싸운다

나는 광렬이가 좋다

달을 따라온 여자

추석 달이 성큼 떠올랐다
여자는 달을 따라 걸어왔다

노래주점에 알바를 나간다고 했다
화장을 곱게 한 얼굴이 예뻤다

주점에는 추석 차례도 못 지내고
고향에도 못 간 사내들이 밤새 술을 마셨다

여자는 사내들에게 술을 따르고
많이 취해서 돌아왔다

알바비 6만 원과 가슴에 꽂힌 팁 3만 원을 벌었다
여자가 포도 한 상자를 들고 우리 집으로 왔다

달밤

달이 뜨자
밥 한 덩이가 목에 걸렸다

달을 뱉고
목이 메어 누님, 누님,

하얗게 질려 노랗게 죽은
얼굴이 말라갔다고

먼먼 바닷가
갈대 우거진 뻘밭에 묻혔다고

달을 물고
뻘게들이 기어 나왔다

아침밥을 못 먹고 나갔다고
걸어 걸어 새벽일을 다녔다고

몇 번이나 몇 번이나
달의 올가미를 묶었다가 풀었다가

달빛, 핏빛,
몸을 던진 기찻길

뻘게 눈이 박힌 게장을 좋아했다고
해마다 항아리에 달이 떠올랐다고

우리 동네

농협 앞, 사방 오십 보 백 보 안에 여관이 있고 목욕탕이 있다. 구제 옷 가게가 있고 주희미용실이 있고 양주면옥 국숫집이 있다. 황금노래방과 생쑈단란주점도 있다. 크린 크린세탁소와 통일부동산이 있고 돼지다방이 있다. 추교 이발관이 있고 상구야마시자호프집이 있고 새날반점이 있다. 이름과 어울리지 않는 카니발갈빗집과 이름이 어울리는 오복떡집이 있다. 마미치킨집과 맑은눈안경점은 자주 가봤다. 타이완마사지숍이나 뒷골목 지하에 숨은 제우스 술집엔 안 가봤다. 우리들약국 2층에는 소아과, 내과, 이비인후과, 가정의학과를 함께 보는 한사랑의원이 있다. 농협을 나오면 우고천 주차장 따라 가래비오일장이 선다. 이만하면 불편한 게 전혀 없이 아주 살 만한 동네다. 사방 오십 보 백 보 안을 맴돌다 20년이 지났다.

늙은 남자

종각에서 종로 3가까지 서울의 도심 일대를
태극기를 든 늙은 남자들이 점령한다

늙은 남자가 탑골공원에서 성매매를 하려다 돌아선다
그럴 때면 눈이 먼 비둘기가 더 슬프다

술에 취해 비척거리는 우산을 보았다
우산을 버린 늙은 남자가 국밥을 먹고 어슬렁거린다

늙은 남자가 화를 내고 소리를 지르며 기세등등하다
젊은 사람들이 어쩔 줄 모르고 조심스레 피해 간다

주먹만 남은 눈동자가 흘러내린다
검은 버섯이 흘러내린 듯 골목이 질척인다

동구 밖 오래된 느티나무가 죽었다
넓고 다정한 그늘이 떠나고 막연한 계절이다

목

오리를 잡을 때
칼로 목을 쳐서
피를 받는다
오리 생피를 마신다

오리 목을 치다
오리를 놓쳤다
떨어진 목
오리는 잘린 모가지
피를 뿜으며
생피를 뿜으며

오리는 머리도 없이
아궁이를 헤집고 들어갔다
오리는 어떻게 숨을 곳을 찾았을까
불구덩이 속으로 들어갔을까

너희 손에 죽지 않으리라

내 목숨은 내가 태워 사르리라

지느러미

살아 있는 껍질들이 죽은 속살을 숨겼다
미세먼지 듬뿍 쌓인 하늘은
메케한 햇살을 가래침으로 뱉어낸다

목구멍이 막히고
눈코귀입 구멍이란 구멍이 모두 가렵다
팬티 속으로 손을 넣으면 그곳이 가장 가렵다

뿌리가 박혀 지루하게 서 있는 나무에게
어젯밤의 나뭇잎들이 매달려 있다
나뭇잎은 나무의 지느러미다

내 몸에서 파닥거리는 비늘이 묻어난다
나무를 껴안으며 손과 발의 지느러미를 움직이며
산을 넘어 쏜살같이 화물차를 몰고 달려간다

천 개의 머리

중국의 렌 박사는 쥐를 대상으로 머리 이식을 처음으로 성공한 사람이다.

렌 박사는 한 마리의 쥐에게 다른 쥐의 머리를 이식해 호흡을 하게 만들었다.
머리를 이식받은 한 마리의 쥐는 열 시간 동안 숨을 쉬고 살아 있었다.

천 마리의 쥐가 자신의 머리가 아닌 천 개의 머리를 흔들며 천 일이 넘게 산다면, 사람에게도 다른 사람의 머리를 이식할 날이 머지않았다.

머리가 서늘해지고 과연 내 머리가 나의 것이 맞는지 의심스럽다.
갑자기 호흡이 가쁘게 차오르고 나는 열 시간쯤 살아 있다 숨이 멎을 것만 같다.

현관문이 열리더니, 열 시간 동안 컨베이어벨트에 걸려

있다 풀려난 아내가 진눈깨비를 뒤집어쓰고 들어왔다.

유수지를 지나며

가뭄은 길었고 홍수는 오지 않았다.
가뭄에도 수풀은 무성했고 물은 마르지 않았다.

입을 벌리고 작은 새들이 파륵파륵 날아가기도 했다.
전봇대만큼이나 키가 큰 나무들이 둑을 짓밟고 빽빽이
꽂혀 있었다.

공단이 가로막혀 사람들은 이곳에 유수지가 있는 줄도
몰랐다.
유수지에서 일곱 살 어린애가 돌멩이를 매달고 살해당
한 줄도 몰랐다.

유수지는 검은 물이 검은 땅을 덮은 폐수 저장소가 되
었다.
오래된 유적을 남기려고 녹슨 배 한 척이 제방 끝에 닻
을 내리고 있었다.

사람들은 가뭄을 저주하지도 않았는데 엄청난 비가 내

렸다.

시청에서는 홍수가 나면 공단과 마을이 잠길 거라며 피난을 권고했다.

드디어 유괴범이 잡혔다고 했다.

사십 대 가장이라는 범인이 경찰관들과 함께 현장검증을 하러 유수지에 왔다.

폭우가 쏟아지고 둑방까지 차오른 물이 금방이라도 범람할 듯 넘실거렸다.

아이를 대신해서 목이 졸린 인형이 물속으로 풍덩, 가라앉았다.

죄송한 슬픔

한강에 투신해 자살한 철거민은
가방 하나가 전부였다.

그동안 아빠 말을 안 들어 죄송하다.
나는 엄마하고 있는 게 더 좋다.
우리 가족은 영원히 함께할 것이기에 슬프지 않다.

집주인께!
마지막 집세와 공과금입니다.
정말 죄송합니다.

아내와 돈 1만 원 때문에 싸우다 생후 45일 된 아이가
던져졌다.
아이는 당시 엄마의 모유를 먹고 있었다.
경찰에서 아빠는 이렇게 진술했다.
"베개 위로 던지려 했는데 베개와 맞닿은 벽 쪽으로 던
저버렸다."

네 손톱을 주워 들고 걸어가는 햇빛
돌아보면 반쯤 감은 낯익은 눈빛
너무 큰 죄송함을 맡겨 슬프지도 않다.

또 다른 방

당신이 보고 싶다고 해서 집에 왔다
내 얼굴을 묵묵히 바라보며 말이 없는 당신,
거실에는 텔레비전이 켜져 있었다

당신은 아무 일도 없다는 듯이 베란다로 나갔다
베란다 건너편 또 다른 방으로
늘 하던 습관처럼 그 방을 향해 발을 내딛었다
마치 오랫동안 연습이라도 해온 것처럼
몸이 한 바퀴 휘익, 돌고 사라졌다
아이들은 텔레비전을 보고 있었다

아침마다 아이들의 밥을 차리던 당신,
웬일인지 일어나지 않았다
큰아이가 방문을 열어보았다
당신은 엎드려 누워 있었다
또 다른 방에서 당신은 이미 뻣뻣하게 굳어 있었다

사과나무

적들은 저항군의 목을 하루 종일 매달았다
더 이상 목을 매달 로프가 없어 처형을 중단했다
백이십 명 중에 아홉 명이 살아남았다
살아남은 아홉 명은 구덩이를 파고 백열 명의 시체를 묻
었다

다음 날, 아홉 명은 모조리 총살당했다
시체 하나가 부족했기 때문이다

저 산 아래
저 언덕 아래
저 푸른 들판에
여태 살지도 죽지도 못한 사람이 있다

붉은 가을이 왔다
그는 한 그루 사과나무가 되었다고 한다

평야를 떠돌던 독수리가 사라진 후

동경은 사라졌다
평야에는 독수리들이 방향도 없이 선회했다
점점 더 넓어지고 커지는 날개의 동심원 속으로
죽거나 다친 먹이가 풍선처럼 떠올라주기를
하루해가 꼬박 지도록 기다렸다

가슴에 총탄 자국도 없이
고독을 맴돌며 순례한다는 것은 사치다
지루한 고통은 값싸게 끌어안고 사는 추억이다
얼음장 밑으로 흘러가는 강물은 증발해버렸다
겨울 동안의 내륙은 어디나 신경질적이다

익숙하지 않은 것들은 금방 익숙해진다
떠나온 곳으로 돌아가기 위한 모든 시도들은 실패했다
평야를 떠돌던 독수리가 사라진 후
겨울의 경계 너머 도시에는 독수리의 날개가 어른거렸다

태양이 회색빛 허물을 벗을 무렵

독수리가 할퀴고 간 허허벌판에 수많은 그림들이 그려졌다

허리가 잘린 버드나무는 독기를 품고 부어오른 혀를 내밀었다

3부

저녁이 있는 삶

얼마 전에 과로로 사망한 서른두 살의 택배노동자는 하루에 14시간을 일하면서 1만 건의 배달 물품을 처리했다고 한다. 일요일만 쉰다 치고, 25일이면 1일 400건이다. 1시간에 28.5건이다. 그러니까 2분에 1개씩은 배달해야 되는 중노동이었다. 두 아이의 가장인 그는 그렇게 일하다 쓰러졌다. 다시는 일어나 눈을 뜨지 못했다.

청년 김용균

내 영정을 들고
내가 걸어가네
석탄가루를 뒤집어쓰고
부르르, 주먹을 쥐었다 펴면
핏빛 햇살 한 줌
저기 떨어진 내 머리
저기 끊어진 내 몸통을
내가 끌고 가네
맑게 빛나는 내 눈이
차갑게 감긴 내 눈을 보네
내 영정에 양복을 입히고
파란 넥타이 꿈을 동여매고
울먹울먹 절하네
스물다섯이 되지 못한
내가 먼저 가네
차마 돌아서지 못한 나를 안고
내가 울며 붙잡고 있네

잘 가라, 세상

우리는 쉬지 않고 일을 하는 사람들이다
죽고 싶어도 사는 사람들
우리는 하루 벌어 하루를 사는 사람들이다
살고 싶어도 죽는 사람들

다녀올게요
오늘까지 일하고 나는 죽었어요
저녁부터는 쉬어도 돼요
내일은 일찍 깨우지 마세요

어머니는 시커멓게 타버린 나를 낳았어요
꿈도 없는 아버지는 나에게 꿈을 묻지 않았어요
당신은 달아나는 꿈을 얼마만큼 좇고 있습니까?
당신의 꿈은 누구의 편입니까?

우리는 탈출하지 못했다
우리는 순식간에 갇혔다
우리는 한꺼번에 죽었다

우리는 보통 떼죽음을 당했다
우리들의 시체는 여기저기 분산되었다
우리가 마지막으로 본 세상은 불덩어리였다

구급차는 날마다 우리에게 달려온다
우리를 태우고 떠나기 위해 줄지어 기다린다
나도 내 얼굴을 알아볼 수 없다
나는 내가 이렇게 죽을 줄 알았다
잘 가라, 세상!

비극을 위하여

그는 나무라고 생각하며 서 있다
그는 가스라고 생각하며 숨 쉰다
그는 박스라고 생각하며 잘린다
그는 기어라고 생각하며 끼인다
그는 포장지라고 생각하며 불탄다
그는 모터라고 생각하며 돌아간다
그는 망치라고 생각하며 떨어진다

그는 남편이고 그녀는 아내다
그는 아들이고 그녀는 딸이다
그는 아버지고 그녀는 어머니다
그는 죽고 그가 아니면 동료들이 죽는다

이런저런 말을 하고 생각할 겨를이 없다
이것저것 요구하고 기다릴 필요가 없다

피 묻은 손이 피 묻은 기계를 붙잡는다
목숨은 멈출 수 있어도 공장은 멈출 수 없다

매일 반복되는 비극은 증거를 지우지 않는다

살아 있는 눈에 마지막 노동의 흔적이 그어진다
나도 언젠가 집으로 돌아오지 못할 날이 있으리라

오리 모양의 변기

비정규직으로 일하다 쫓겨난 어느 여성 노동자가 철탑에서 농성 중이었다. 그녀는 생리현상을 오리 모양의 변기에 해결하고 있었다.

진압을 하기 위해 기어오르는 경찰특공대를 향해 오리가 날았다. 오리를 내던지는 투쟁! 날지 못하던 오리는 그렇게 날았다.

할리데이비슨

노동자들은 음악을 들으며 리듬에 맞춰
서서 일하고 앉아서도 일하는 행복
천천히 자유롭게 오토바이를 만드는 즐거움

금융위기가 오고 매출 감소 30%
매달 수백 명씩 해고되는 노동자
주가는 75달러에서 8달러로 떨어졌다

65개 직종이 5개로 통합되었다
통합은 속도를 높였다
작업 시간을 분석하고 예측하는 컴퓨터
부서별 진행 단계를 알려주는 태블릿피시
생산 효율과 목표를 맞춘 데이터는 클라우드에 모인다
부품업체와 물류회사와 유통망까지 연결된다

주문에서 수령까지 18개월이 2주로 줄었다
1대 생산시간이 21일에서 6시간으로 줄었다
할리데이비슨 노동자 수는 30%나 줄었다

할리데이비슨 회사 이윤은 19%로 올랐다

시속 200km의 꿈과 낭만을 찾아서
인공지능의 고통 없는 사랑을 찾아서
나도 없고 너도 없는 세계의 절벽 끝으로
멋진 스카프를 휘날리며 달려가는 할리데이비슨

벤자민

A/S 센터에 전화를 하면
친절하고 똑똑한 그녀가 전화를 받는다
그녀의 이름은 벤자민이다
상냥한 목소리에서 벤자민 향이 난다

그녀의 효과는 대단하다
처리 단가가 90% 이상 절감된다
텔레마케터 인원과 인건비를 감안하면
콜당 3750원에서 312원으로 떨어진다

벤자민은 24시간 고객을 응대한다
365일 언제 어디서나 고객을 기다린다
벤자민과 그녀의 친구들은
대화형 시스템으로 고도화된다

벤자민보다 더 사랑스러운 클로버는
혼자 외로울 땐 이야기도 나눌 수 있다
노래도 불러주고 영화도 틀어준다

날씨 정보, 심리 상담, 건강 케어도 해준다

"정말 그녀가 해주는 게 맞아?"
"왜 그녀만 있고 그는 없는 거야?"

그래서 그녀는 알렉산더를 소개받았다
그는 터미네이터보다도 힘이 세고 빠르다

나의 노동으로

1899년, 런던에선 자동차 두 대가 등장했다고 한다.

그 자동차는 쌍두마차만큼이나 훌륭하게 영국 여왕의 편지를 배달했다.

그로부터 120년이 지났다.

나의 노동으로 나무가 베이고 있다.

나의 노동으로 땅이 파헤쳐지고 있다.

아름다운 나무의 꽃과 순결한 땅의 벌레들이

나의 노동으로 목숨을 잃고 있다.

나의 노동으로 숲이 사라지고 고층아파트가 들어서고

나의 노동으로 강물은 막혀 댐이 완공되고 있다.

나의 노동으로 수백만 대의 자동차가 쏟아져 나오고

나의 노동으로 수천만 대의 냉장고가 넘쳐난다.

나의 노동으로 총탄과 포탄이 만들어지고

나의 노동으로 탱크와 전폭기가 사람들을 살육하고 있다.

나의 노동으로 나무와 석탄과 석유를

마지막 한 그루까지 마지막 한 삽까지 마지막 한 방울

까지 없애고 있다.

나의 노동은 고향으로 영원히 돌아갈 수 없다.
노동과 생산은 너무 위험해졌다는 말이다.
노동의 권리는 발전의 가치와 다르다는 말이다.
나는 노동력을 판매하면서 노동을 소진하고 있다는 말이다.
이윤에 지배당한 생산은 파괴적 종말에 이르렀다는 말이다.

쌍두마차가 지나가고 자동차가 지나가고
영국 여왕이 보낸 편지는 스마트폰으로 전송된다.
다시 120년 후에 나의 노동은 무엇으로 남아 찬란한 고통이 될까.

봄밤

잠이 올 것 같지도 않은 밤에
잠은 오더니
꽃이 필 것 같지도 않은 봄에
꽃은 피었네

늦잠도 많은데
잠 좀 자게 놔둘걸
일어나라고 깨워서
미안해, 미안해
우리 좋아하는 계절은
또 오고 넘어지고
이제 오래도록 잘 자요

경비실 앞

경비실 앞, 화단에
배가 터진 사마귀가
계속 움직이고 있다
눈을 또릿또릿
모가지를 돌리고 있다

경비실 앞, 도로에
떠돌이 개가
자동차에 치여
뱅뱅 돌며 피를 흘리며
비틀비틀 뛰고 있다

경비실 앞, 출근 시간에
스리랑카에서 온 딜란타가
무릎까지 깁스를 하고
목발을 짚고
손가락 지문을 찍는다

풀밭 위의 식사

검은 고양이가 공장에 들어와 살았는데
포장 박스로 집을 만들어주고 잔밥을 주었는데

검은 고양이는 새끼 세 마리를 낳았다
새끼들이 많이 커서 공장 마당에서 놀았다
그래도 사람에게는 절대 오지 않았다
언제 먹은지도 모르게 밥만 먹고 도망갔다

새끼 한 마리가 죽었다
짓뭉개진 새끼를 잔디밭에 던져두었다
까마귀 한 마리가 죽은 고양이 새끼를 쪼아 먹었다
입에 빨간 창자를 물고 날아가 전봇대에 앉았다

까마귀가 죽은 고양이를 먹고 있는 곁에서
산 고양이들이 밥을 먹는 아침이 왔다

30년

30년 전에 야간고 실습생 영국이는 나사를 깎았다.
아침까지 일을 해야 되는 건 영국이뿐이었다.
영국이는 태핑기에 장갑이 끼였다.
손가락이 잘린 채 그대로 죽은 듯이 엎드려 있었다.

30년 후에 특성화고 민호는 기계에 끼여 죽었다.
민호와 영국이는 혼자 작업을 했다.
30년이 가고 다시 30년이 와도 영국이는 엎드려 있다.
30년 후에 민호가 죽어서 엄마의 통곡 앞에 누워 있다.

돼지 등뼈

돼지 등뼈가 열 근에 만 원이다
많이도 쌓아놓았다
등뼈를 한 무더기 샀다

한솥 가득 등뼈를 삶는다
등뼈가 마디마디 분리되고
붉은 뼛기름이 나올 때까지 끓여야 한다

돼지 등뼈 같은 사람들
죽도록,
벌건 살코기 같은 사람들
죽도록,
오장육부는 똑같다

돼지 등뼈를 끓이고
머릿고기 편육을 만들고
24시해장국을 먹는다
이목구비는 썰어 술안주로 삼킨다

등뼈를 저민 칼날은

그러니까 배를 가르고도 부족하다

추억의 내부

안으로 끌어당기는 장력을 견디지 못해
파이프가 밖으로 세차게 튕겨 나갔다
그는 팔뚝이 뚫린 채 병원으로 실려갔다
코일을 휘감은 드럼은 멈추지 않고 돌았다

내부의 힘은 어디에서 나오는가
내부에 여전히 남은 힘은 무엇인가
추억은 몸에 익힌 내부에서 점차 사라진다
밀접한 상황에서 멀어진 추억은 외부가 된다
내부에서 숨진 추억은 지리멸렬 기름 범벅이다
모조리 빼돌린 추억의 장물은 외부로 넘겨진다

추억이 없는 내부의 자물쇠는 굳게 잠겼다
나는 저 내부를 생각하며 염려한다고 말한다
나는 저 외부를 결코 외면하지 않는다고 말한다
그러나 서늘한 추억의 충돌은 일어나지 않는다
속이 훤히 보이는 추억의 욕망을 독차지할 뿐이다
핏방울이 뚝뚝 떨어진 이동선 위로 대차가 지나간다

아름다운 독재

아름다움은 독재다
독재자의 품에서 미(美)는 더욱 아름다워진다
아름다워라, 아름다워라,라고 하면
아름답다고 해야 된다
아름다움은 아름답다고 하는 자들의 것이다

내 아내는 아름답지 않지만 나에게는 아름답다
네 남편은 아름다운 여자와 눈이 맞아 집을 나갔다
세상은 아름다움의 천국이다
아름다운 독재자들이 아름다움을 지배하고
아름답지 못한 것들이 아름다움을 부러워한다

유리창 안에 꽃이 피어 있다
창문을 깨뜨려도 꽃은 깨어지지 않는다
신성한 독재자가 키운 꽃은 아름답다
유리창으로 아름다움을 가린 꽃은 더 아름답다
사람들은 깨질 수 없는 아름다움을 만들었다
프롤레타리아 꽃들이 주먹을 쥐고

아름답지 못한 것들이여, 단결하라고 외치지 않는다

백종원 김밥

편의점 김밥을 고르는데 백종원 김밥이 눈에 띄었다.

조리 모자에 위생복을 입고 내 김밥 드시라고 엄지척 한다.

음식 장사로 성공한 백종원은 유명 요리사다.

방송 프로그램에 나와 골목 식당 주인들에게 호통을 친다.

이래가지고 장사가 되겠어?

나는 그 말이 이래가지고 나처럼 성공하겠어,라는 말로 들렸다.

새벽, 치킨집 오토바이 한 대가 교차로에 들어섰다,

직진 신호가 바뀌면서 승용차 한 대가 달려왔다.

오토바이를 탄 청년이 날아올랐다.

통닭이 죽고 오토바이가 죽었다.

누구도 백종원이 될 수 없다.

피의 스크린도어

서울 지하철 스크린도어에는
시인들의 시가
너도나도 적혀 있다

시인이 되지 못한 시민들과 시인이 된 시인들이
스크린도어에 시를 적어 낼 때
스크린도어 하청업체 수리공은 시문(詩門)을 열었다

수리공의 월급이 일백사십만 원이다
밥 먹을 시간도 없이 컵라면을 가방에 넣고 다닌다
거기 광고판이 연간 20억이다
지하철 시가 스크린도어 게재 작품으로 선정되면
신사임당 지폐 한 장 오만 원을 준다

시 한 편이 스크린도어에서 빛날 때
노동자의 입이 자물쇠 ㅜ멍으로 보인다
난간에 선 시가 멈칫거린다

비누 경찰

손 씻기를 감시하는 경찰이 온다
손을 씻지 않은 시민들은 체포된다
비누는 곧 부족해질 것이다

비누로 손을 씻기 위한 전쟁에서
정부의 지시와 명령은 점점 강력하다
전체가 되어야만 살 수 있다
전체에서 추방당하면 죽는다

기쁨이나 사랑의 감정도 내 것이 아니다
그것은 얼마든지 통제할 수 있다
그것은 감기와도 같은 신호일 뿐이다
당신 감정에서 열이 나면 열심히 손을 씻어라

우리는 영영 돌아갈 수 없다
평화로운 벌판 끝으로 걸어갈 수 없다
나는 너를 노래하고 너는 나를 노래할 수 없다
그러나 비누 하나만으로도

절망의 체계는 신속하게 확립된다

흐린 저녁의 말들

따뜻한 눈빛만 기억해야 하는데
경멸스런 눈빛만 오래도록 남았네
얼크러진 세월이 지나가고 근거 없는 절망
우울한 거짓말이 쌓이고 나는 그 말을 믿네

가난하고 고독한 건 그리 슬픈 일이 아니라네
진짜 슬픈 건 누구도 사랑할 수 없다는 것
용기도 헌신도 잃어버렸다는 것
잊힌 사람이 되었다는 것

무수하게 사라지는 저항의 말들
어디서나 기억에도 없는 낯선 얼굴들
당신의 존재를 견딜 수 없는 흐린 저녁이 오고
중력을 잃은 바람은 나를 데려가지 않네

울지 말라는 말은 울다 죽으라는 말
쓸쓸한 말들이 마른 풀로 우거졌네
나를 떠돌던 그림자가 얼음나무로 굳어지면

누구에게 살아온 잘못을 빌어야 하나

저녁노을은 검은 수의를 하늘 건너편에 던지네
출렁이는 지평의 끝에 새가 헤치고 간 길이 있네
새들의 노래는 배우지 않아도 그 마음 알 수 있네
목이 긴 새들이 무슨 말을 나누며 쉼 없이 날아가네

4부

동지팥죽

　꺼멍이 누님은 부순방 꾸들장에 달뜬 볼따구에 지라죽 깨진 뒤웅박에 얼보 째보 낮바닥 몰랑지가 훌렁 콧등사니 벌씸벌씸 우아래 입술 썩음털털 삐드렁니 삐쭘 누가 웃는 낯으로 실금 처다보기도 어려웠던 것인데

　싸전머리 국밥집 돼지 대그빡 꼴랑지에다 쌧바닥 염통 간에다 창자구 모다 긁어모아 막소주 되로 퍼주고 시한 엔 동지팥죽 맛이 참이 일품이어서 팥죽 새알에 훈김 입김 이 모락모락 끊이질 않았던 것인데

　아랫장 포목 장수도 두억시니 소 장수 개장수도 웃장 그륵전 옹기전 사팔뜨기도 싸전머리 어물전 쩔룩배기도 너도나도 꺼멍이 누님 서방이라고 서방 아닌 사람이 없다 고 장마당 소문이 팥죽 끓듯 자자했던 것인데

　장 보리 나온 막둥이 동생 써녕이 놈 상늘이 그저 오 나가나 어이! 쩌어기 느그 매형 간다, 어이! 쩌기도 느그 매형 온다, 이놈 저놈 죄다 매형이라고 얼릉 넙쭉 인사를

120

하라는 것인데

묵다 둔 쑥떡맹키로 입 다문 꺼멍이 놈 불뚝 지겟작대기를 들고 으뜬 씨벌 놈이 내 진짜 매형인디 그려? 앵기는 대로 다 때려죽인다 꺼멍이 누님 국밥집 찬장이고 상이고 주발이고 뭐고 눈에 불이 씨게 박살을 내버렸던 것인데

그때사 가마솥 펄펄 동지팥죽을 뒤집어쓴 매형들이 아이고 뜨거라, 아이고 뜨거라, 부자지가 빠지게 내빼고 그 덕분에 엎어진 국밥 솥에서 돼지 뼉다구를 물고 시장통 흰둥이도 누렁이도 좋아라고 발발 뛰어다녔던 것인데

메주네떡

메주네떡 코는 주먹코
눈은 떼떼 되양새
입은 까불까불
니미 씨발 니미 씨발,
욕을 달고 사셔
도살장 돼지 잡는 난전에
시뻘건 생간 막소주도 털털
종지윷 돌리는 솜씨도 도리뱅뱅
떴다 봐라

큰누님 업고
외가에 외할애비 제사 모시고 왔더니 말다
메주네떡이 말다
작은방에서 아부지랑 나오더란 말다
왜 메주네떡이 거기서 나온다요?
니미 씨발 니미 씨발,
술값 받으러 왔소
메주네떡이 코를 팽 풀고 나가드란 말다

나는 그저 저 여자가 뭣 땀시

느그 아부지랑 작은방에 있다 나오능가 했단 말다

젖탱이만 오살나게 커서

한여름엔 젖탱이만 봐도 숨 막힌 년이

메주네떡이 부산으로 아주 떠난 뒤에

추석 차례 고향 찾아올 적마다

일가친척 다 버리고 꼭 우리 집에 들러서

감 보러 왔소

감이나 몇 개 따주시오

어머니가 감잎에 묻은 쐐기 같은 얼굴로

잘 익은 감을 따주며

금메 말이오

참말로 감 보러 왔겄소

내가 많이 많이 커서

어머니가 메주네떡 이야기를 혹 하든 날에

밥상머리 아버지께 어먼 말로

메주네떡이 참말로 술값 받으러 왔소, 물으면
아버지는 냉큼 밥숟갈을 내던지고
어머니는 아버지 숟가락을 챙기시며
금메 말다
고때 술값을 못 받어 아직도 감 보러 온다냐
젖탱이만 오살나게 큰 거 말고
도구통에 찧어논 메주떡 같은 낯바닥하고는
명년엔 감나무를 댕강 베버려야겠다

귀산리 옛집

귀산리를 귀신리라고 불러보니
아흔두 살 먹은 아버지가 오시네
여든여덟 살 먹은 어머니가 오시네
살아 싸울 만큼 싸운 것도 모자라
엉중겅중 뛰며 끌며 오시네
새끼줄에 목을 걸어 매고
죽는 거이 낫겄지야
쇠스랑으로 정지 문짝을 찍어내도
떨어진 문고리조차 애절하지 않았네
한 포기 풀이라 생각했네
아버지는 아버지답고 어머니는 어머니다운
징그럽고 역겨운 색깔을 짊어지고
병들어 아픈 줄도 모르게 졌다는 것
그렁그렁 외롭게 말라갔다는 것
너무 격하지 않게
너무 사납지 않게
무성한 풀들이 키를 넘는 옛집에서
휘청, 가죽나무 뻣뻣한 잎사귀만

무너진 담장 밖을 바라보고 섰네

서창득 씨

밤나무집 서창득 씨는

쉰다섯 살 먹은 서창득 씨는

버스회사에서 사고를 내고 직장을 잃은 서창득 씨는

놀고먹으려야 놀고먹을 것도 없는 서창득 씨는

동네 전주식당에서 막걸리나 마시는 서창득 씨는

막걸리를 진탕 마시고 밤늦게 집으로 돌아오던 서창득

씨는

마누라가 어떤 남자하고 팔짱 끼고 오는 깃을 본 서창

득 씨는

밤나무 뒤에서 오줌을 싸다 오줌발이 멈춘 서창득 씨는

마누라하고 그놈이 다정하게 껴안고 떨어지지 못하는

동안

부리나케 바지춤을 올린 서창득 씨는

오도 가도 못 하고 침을 꼴까닥꼴까닥 삼키던 서창득

씨는

밤나무 뒤에 숨어 머리카락 보인다 꼭꼭 숨어 있던 서창

득 씨는

마누라랑 그놈이 얼른 헤어지기만을 기다리던 서창득

씨는

그놈이 돌아서 가고 마누라가 돌아서 올 때까지

이를 바득바득 갈다가 돌멩이를 주워 던지려던 서창득
씨는

아이쿠야, 밤송이를 잘못 주워 손바닥이 가시에 찔린 서
창득 씨는

밤마다 매일 밤마다 밤나무 밑을 서성거리는 서창득
씨는

마누라가 번 돈으로 막걸리를 사 먹는 서창득 씨는

전주식당 금례 아줌마랑 도봉산에 놀러 갔다 온 서창득
씨는

마누라가 시킨 청소를 하고 쓰레기를 버린 서창득 씨는

오늘 밤도 밤나무 뒤에서 오줌을 싸고 있는 서창득 씨는

꽃순이 할매

처녀 땐 날 보고 꽃순이라고 했어
이쁜 할매다

목련꽃이 언제나 필까
축석 아래 뻑뻑 담배를 피우며
하릴없이 묻는 말이다

목련꽃이 온통 벙글어지며 뒷걸음질하더니
어라, 어라, 꽃순이 할매

봄엔 엉겅퀴와 민들레 효소를 만들겠다고
간이 안 좋은 나에게 주겠다고 했다

난 본래 세상에 태어난 적 없어
목련나무랑 바위랑 같이 저기 있었거든

그윽이 무릎 시린 밤이 오고
뒷산 떡갈나무 숲에서

희미한 별들이 죽었다 살아나고

별똥별이 깜박 지는 새벽
꽃순이 할매는 자울자울 또 담배를 태우시고

장사

　장사는 혼자였다. 사람들은 장사를 피해 다녔다. 대놓고 무시하는 사람들도 있었지만 논물에 빠진 소를 구해낸다거나 집짓기 용마루를 올릴 땐 장사의 힘이 필요했다.

　최 부자는 방앗간을 했다. 전답도 많은 부자가 방앗간까지 갖고 있으니 동네 사람들은 그저 최 부자네 머슴들이었다.

　방앗간 앞에는 커다란 선돌이 있었다. 방앗간을 지키고 선 망주석을 닮은 돌이었다. 달 뜨는 밤이면 까만 벼룻빛이 노란 금덩어리로 변한다는 소문도 있었다.
　장사는 가끔 선돌에다가 오줌을 갈기고 갔다. 장사의 남근은 무지막지 컸다. 동네 부인들이 장사가 오줌 싸는 것을 보고 벌어진 입을 다물지 못했다.

　하루는 최 부자가 방앗간 선돌에 오줌을 싸는 장사를 보았다. 무척 못마땅한 최 부자가 버럭 화를 냈다.
　"거, 드럽게 여그 와서 오줌을 싸구 그랴, 염병 맞을 새끼!"

그 말에 장사의 인상이 험하게 일그러졌다. 장사는 대뜸 선돌을 뽑아들었다.

바윗덩이를 쑥 뽑아 든 장사의 힘은 놀라웠다. 최 부자는 기겁을 하여 도망쳤다. 그러나 장사는 선돌을 치켜들고 최 부자를 쫓아갔다. 마루턱에도 못 가서 최 부자는 주저앉았다.

혼비백산 사지가 풀린 최 부자는 도망갈 기력을 잃었다. 장사는 머리 위에 들고 있던 선돌을 최 부자가 덜덜 떨고 있는 아름드리나무 밑에 힘껏 집어 던졌다. 꿍! 땅이 흔들렸다.

"아휴! 힘들다."

장사는 그 무거운 돌덩이를 최 부자 앞에 내려놓고 아무 일도 없었다는 듯이 언덕을 조용히 내려갔다.

예당선생유허비(禮堂先生遺墟碑)

예당 선생은 칭송받는 마을의 어른이셨다
일제 땐 구장도 하고 자유당 땐 도의원도 한 예당 선생이
거드름스럽게 출타를 하면 모두 공손히 인사를 올렸다

예당 선생은 본처가 아이를 낳지 못했다
논 세 마지기를 주고 나이 어린 첩을 들였다
후처가 안방을 차지하고 본처는 부엌데기가 되었다
석 달 열흘도 안 돼 본처는 뒤안 토끼막에 갇혔다
궤짝 같은 토끼막에서 본처는 목도 못 가누고 꼽새가 되
었다
어두운 토끼막으로 하루 한 번씩 밥 한 덩이를 넣어주
었다
물이 떨어지면 본처는 생배춧잎을 뜯어 먹었다
토끼막 대울을 얼마나 긁어 팠는지 피떡지가 맺혔다
본처는 손톱이 다 빠지고 이빨도 다 빠졌다

끼끼끼끼끼, 본처는 말을 잃어버리고 끽끽거렸다
본처는 언제 죽었는지도 모르게 죽었다

병으로 아파서 죽었다는 본처의 장례를 치렀다
마을 사람들은 술과 떡과 고기를 얻어먹고 상여를 멨다
예당 선생은 후처 품에서 후사를 둘이나 보고 잘 살았다
시문을 짓고 산수를 치던 예당 선생은 아흔셋에 죽었다
예당의 학식과 유지를 기려 마을에는 유허비가 세워졌다

내가 시집와서 예당 어른댁에 가면 무슨 소린가 했다
끼끼끼끼끼, 나 좀 꺼내주소, 제발 나 좀 꺼내주소!
가심이 덜덜 떨리고 무서워서 그 집 근처에는 가지도 못
했다
행여나 저 비석 쳐다보지 말그라

오막살이 집 한 채

동네에서 가장 작은 집이었다
이엉을 이은 지 오래되고 흙벽도 허물어졌다
쓰러지기 직전이었다
그 집에는 늙은 어미와 아들이 살았다
아들은 결혼을 했으나 아내가 집을 나갔다
아내는 시장에서 생선 장수를 하면서 혼자 살았다

아들은 장날이면 시장엘 갔다
아내에게 엄마, 엄마 하고 불렀다
아내는 팔다 남은 꽁치나 갈치 토막을 줬다
아들은 그걸 가지고 집으로 돌아왔다
엄마가 이거 해 먹으래
아들은 늙은 어미를 아내로 생각했다
진짜 아내로 알고 부지깽이로 두들겨 패기도 했다
늙은 어미는 늘 울었다
꼬부랑 허리를 아들에게 밟혀 걸어 다니지도 못했다

오막살이 집 뒤 비력등 개울에

볼품없는 바위가 하나 있었다

오래된 동백나무가 서 있는 바위였다

어느 이른 봄날, 커다란 구렁이 한 마리가

비럭바위를 감고 햇볕을 쬐고 있었다

개울에 빨래를 하러 나온 동네 아낙들은

신성한 구렁이라고 절을 올렸다

새빨간 동백꽃이 모두 졌을 때

동백나무 맨 꼭대기에

늙은 어미가 매달려 있었다

아들이 구렁이를 잡아 가마솥에 끓이고 있었다

어미가 죽고 아들은 종적 없이 사라졌다

별도 달도 없는 깜깜한 그믐이었던가

어헝어헝, 산 무너지는 소리로 아들이 우는 소리가 들

렸다

오막살이 집 한 채가 불에 타오르던 밤이었다

쑥골

비룡산 골짜기, 금황리 쑥골. 고려 적부터 숯가마가 있
던 숯쟁이 화전민들 몇 집 돌자갈처럼 모여 살던 마을. 전
쟁 통에 앞산 뒷산 불타고 그 많던 소나무 참나무 산판으
로 다 베어지고 민둥산만 남아서 봄이면 쑥국새만 울어
쑥골이 된 숯골.

비룡산 높은 곳, 금광이 들어서고 팔도 뜨내기 오만 잡
놈들이 모여들었다. 곡괭이 자루 힘쓰는 장정들 백천 길
굴속에서 금을 찾아 쑥골 이름도 번쩍번쩍 금황리. 오가
는 주막마다 술꾼들 노름꾼들 주막집 색싯집은 인기도 좋
아서 세월도 그런 잘난 세월.

담뱃집 과부댁, 떡도 팔고 엿도 팔고 술도 밥도 팔고 한
동안 그럭저럭 먹고살 만하다가 금맥이 끊기고 발파된 바
윗돌만 쌓이고 금광촌 사람들도 떠나고. 담뱃집 딸은 스
무 살도 되기 전에 시집을 가서 금광 인부였던 늙댕이 총
각한테 시집을 가서, 금을 캐다 굴에서 죽은 아버지를 대
신해 처가살이 들어온 사위.

>

    사위 보기를 금쪽같이 여기고 들일하고 돌아온 사위 등목까지 시켜주던 과부댁. 추석 대명일이 하루 전, 달이나 밝아 눈멀어도 좋은 밤. 아무리 그래도 장모가 어찌 사위랑 눈이 맞나, 아무리 그래도 사위가 어찌 장모랑 도망을 가나. 아닌 말도 참말이고 참말도 아닌 말이 자지러진 쑥골.

    비룡산 골골이 개울물 흘러 녹음도 방초도 우거진 시절. 누군들 살아 꽃청산 피는 꽃을 어이 다 보랴, 쑥국새 울음 깃든 이야기를 어이 들으랴.

유동나무를 기억함

뒷산 중조부 산소 옆에 골 깊은 비탈 다랑이 유채밭 있고 유채밭 둑에 유동나무 서너 그루, 오동나무처럼 생겼지만 오동잎보다는 잎이 작고 가지도 매끄럽고 봄이면 속살 붉은 흰 꽃이 피었다. 유동나무엔 가을이면 육쪽마늘만큼이나 굵고 큰 열매가 달렸다.

나는 어릴 적 유동나무에 우리 집 송아지와 염소 고삐를 매어두고 달보드레한 유채 순을 꺾어 먹고 유채꽃밭으로 날아드는 벌 나비를 잡았다. 내가 지금도 생생히 기억하는 것은 꽃같이 어여뻤던 작은누님이 유동나무 그늘에서 한나절을 울다가 유채밭에서 유채꽃 노란 얼굴을 묻고 농약을 마신 일이다. 그 샛노란 봄에 누님이 데굴데굴 나뒹구는 것도 모르고, 아버지는 버드네 들판에서 이랴 이랴, 소쟁기를 몰고 있던 일이다.

어머니의 도살

예순 끄트머리에 아버지가 목숨 줄을 놓아버리더니 오월 봄날 감꽃이 월담을 하여 사장등까지 떨어지고 가을엔 월하시 감이 많이도 열리더니 유두 백중 버썩 가고 추석 지나 구월 스무엿새 중조부 제고가 돌아오자 어머니는 제사 준비를 하며 걱정 차례도 한껏 양태 등짝에 대쪽으로 어슷 꽂아 넣더니

아이말다 닭을 잡아야 하는디 닭 모가지가 뿌라지믄 안 되는디 난 비위가 약하고 손이 떨려 도시 닭을 못 잡것는디 닭을 어떻게 홀개고 몰아 잡긴 잡았는디 이런 잡것 뻐르정거리고 심이 엉뛰듯 눈 뜨곤 못 잡겄다야

한동안 결명자 파란 마당이 조용하더니 고거시 인자 다 죽었다냐 백솥에 뜨건 불 살라가며 어머니는 힐끔 마당을 쳐다보더니 옳타 되얐다 마당엔 검붉스레 수탉 한 마리가 모사시를 숯히고 입을 쩍 벌리고 눈알을 되쎄 쓰고 두 발을 뽀짝 옹구리고 마지막 명줄을 놓기 직전이더니

저거 봐라 저 달구 날갯죽지 젤로 굵은 깃털을 딱 두 개 뽑아가지고 달구 콧구녕에다 기운껏 박아놓았더니 제 죽을 걸 제 몸에 달고 있더니 뭐 덜라고 목을 조르고 밥통을 찌르고 고런 숭악한 짓을 하겄냐 저래 가만 놔둬도 숨이 맥혀 죽는구만

그날 밤 모가지도 꺾이지 않고 여러모로 단정하게 삶아진 닭이 다소곳이 제상 위에 오르더니 나는 손에 피 한 방울 묻히지 않고 닭을 잡은 늙은 어머니와 함께 제를 올렸더니 어머니는 닭 삶은 국물을 후지럭후지럭 마시고 나는 닭 다리를 맛나게 먹었더니

신라의 달밤

어버이날이다.

술 취한 아버지는 산모탱이를 올라왔다.
억머구리 같은 신라의 달밤이 들렸다.
신라의 달밤이 십팔번이었다.
부를 줄 아는 노래가 그것뿐이었다.

아우우, 왜 달이 떴어?
하늘에 달이 뜬 걸 낸들 어쩌라구요?
장독이 깨졌다.
엄마는 고리짝 문짝 깨지는 건 참아도 장독이 깨지는
건 못 참았다.
일 년 먹을 장이란 말이오.
장이 쏟아진 장독대에 봉숭아는 피어 터지고 익모초 잎
이 너울거렸다.

하늘에 달이 떠서 문풍지가 곱던 밤이 있었다.
그 양반 참 신라의 달밤 하나는 잘 불렀지야?

144

우린 몰라요, 으뜸 썩을 놈이 신라의 달밤을 만들었는지.

열애

나, 고생한 거 생각하면 말로는 다 못 해.

막걸리 두 병을 막 비운 참이었다.

말을 잇지 못하고 오이를 한 입 깨물었다.

그때 월급을 십이만 원 받았거든. 동생들이 여섯인데, 아부지는 아프고 어무니는 죽고 버스 회수권이 하루 열 장도 넘게 들었는데, 회수권이 금방 떨어져. 타래를 나갔거든. 월급보다는 나아서 때밀이일을 했지. 종로에서 가장 큰 데였어. 때밀이가 열둘이었지. 타래를 보다가 9개월 만에 6번 방 때밀이를 시작했어. 12년을 했어. 오로지 이 작은 손으로 때만 밀었어. 탕 앞에 갈빗집을 차렸거든. 정신없었지. 돈이 벌리더라고. 한창 돈이 벌릴 때, 아는 언니가 너는 물장사를 하라고 했어. 미아리 대지극장 옆에 가든나이트, 유명했지. 그거 내가 했던 거야. 미도파백화점, 명동미용실 다니며 잘나갔지. 남자? 하도 일찍부터 볼 거 못 볼 거 다 봐서 남자는 쳐다보지도 않았어. 마지막으로 열애를 했지. 꼬추도 없고 유방도 가짜고, 부르면 6만 원씩이야. 남자도 여자도 아닌데, 여자라고 하는 사람들이

지. 내 가슴 좀 만져달라고 매달리던 애가 있었어. 방산시장에 빌딩도 샀고, 거기 2층이 열애였어. 그렇게 살아서일까, 아니겠지. 애를 안 낳아서 그런 건지 유방암이 걸렸지 뭐야.

얼굴이 많이 검다.
살아 있으니까 죽을 날이 오는 거야.
사랑했으니까 사랑이 끝날 날이 오는 거야.
아무도 어느 누구도 사랑했다고 말하지 마.
날은 춥고 아무 데도 가기가 싫었다.

호랭이를 만나면

열다섯에 시집왔으니, 육이오전쟁 후 오 년쯤 지났을 때다.

벗고개에 고사리가 많아서 고사리 끊으러 갔는데, 까시 댕기밭 큰 낭구 앞에서 갑자기 무섭드라고. 몸이 딱 얼고 발이 떨어지지가 않아. 거 높은 엉을 보니 누런 두 발만 보이더라고. 몸은 덤불에 가렸드만.

직접 봤어요?

바로 코앞이지 뭐. 열댓 발 되나?

벗고개 너머 장마터에도 부쳐 먹든 산밭이 있었거든. 낮에도 어둔 데미라 고추 모를 심는데,

고때도 몸이 오싹하더라고.

호랭이였어요?

호랭이는 뛰들기 전에 꼬리를 탁, 탁, 치는 소리가 들려!

그 소리를 들었다고, 호랭이 불은 몇 번이나 봤고 동네 남자들도 본 사람이 많았다고.

아, 이 사람아! 잘못 보긴, 호랭이를 모르나? 호랭이 발을 내 눈으로 봤다니깐.

호랭이 얼굴도 안 봐놓고 어떻게 믿어요?

내 손각지만 한 두 발이 서 있더니 크르릉, 하면서 쓰
윽, 지나가더라니까.

호랭이를 만나면 고추 모를 내던지고 신발도 못 신고
뛰다간 꼼짝없이 죽는 거여. 이젠 죽었구나, 하면 안 되고
기냥 잡아먹힐 생각으로 뻣뻣해야 사는 거여.

허공이자 바닥인 불모의 시간과 마주하기

박일환(시인)

희망 없는 세상에서 살아가기

임성용의 첫 시집 『하늘공장』(삶이보이는창)에 「살아가라, 희망 없이」라는 제목의 시가 있다. 이 언술은 두 가지 의미를 담고 있다. 우리가 사는 세상에는 희망이라는 게 없다는 것과 그럼에도 어떻게든 살아가야 한다는 것. 다른 시에서도 "희망이라는 또 다른 거짓 이름으로/ 억지로 옹벽을 만들 필요는 없다"(「착공」)고 했는데, 아무런 희망이 없는 상태로 살아가는 게 의미가 있을까? 희망이 안 보이면 찾아 나서든 아니면 온 힘을 다해 만들든 해야 하지 않을까? 하지만 섣부른 희망이 오히려 자신과 세상을 속이는 기만으로 작동할 수도 있음을 생각하면, 시인의 태도가 정직에 가까울 수도 있겠다. 첫 시집에 이은 두 번째 시집 『풀타임』(실천문학사)에서도 희망이 없다고 직접 말하지는 않았지만 여전히 같은 인식을 유지하고 있었다.

> 그럼에도 투쟁, 투쟁하다가 쓸쓸하게 먼저 죽어간 사람
> 그럼에도 또 그럼에도 정말 외롭게 살해당한 사람
> 그들이 지금 저 앙상한 나뭇가지 끝에 생선 가시처럼 떨고 있소
> 그럼에도 아귀 바람은 더 세차게 불고 흰서리 사륵사륵 내리고 있소
>
> —「그럼에도 또 그럼에도」 부분

세상은 여전히 "아귀 바람은 더 세차게" 부는 곳이다. 투쟁으로도 돌파하지 못한, 그런 와중에 "외롭게 살해당한 사람"이 "앙상한 나뭇가지 끝에 생선 가시처럼 떨고 있"는 상황이다. 그렇다면 첫 시집을 내고 13년이 지나 세 번째 시집을 묶어내고자 하는 지금은 어떤가? 이른바 촛불혁명의 기운을 업고 등장한 정부 아래 기쁜 소식처럼 희망은 찾아왔는가? 그럴 리가 없다는 걸 현실 속에서 나날이 목도하고 있는 중이다. 그래서 시인은 아직도 다음과 같은 시를 쓰고 있다.

우리는 쉬지 않고 일을 하는 사람들이다

죽고 싶어도 사는 사람들

우리는 하루 벌어 하루를 사는 사람들이다

살고 싶어도 죽는 사람들

다녀올게요

오늘까지 일하고 나는 죽었어요

저녁부터는 쉬어도 돼요

내일은 일찍 깨우지 마세요

어머니는 시커멓게 타버린 나를 낳았어요

꿈도 없는 아버지는 나에게 꿈을 묻지 않았어요

당신은 달아나는 꿈을 얼마만큼 좇고 있습니까?

당신의 꿈은 누구의 편입니까?

우리는 탈출하지 못했다

우리는 순식간에 갇혔다

우리는 한꺼번에 죽었다

우리는 보통 떼죽음을 당했다

우리들의 시체는 여기저기 분산되었나

우리가 마지막으로 본 세상은 불덩어리였다

구급차는 날마다 우리에게 달려온다

우리를 태우고 떠나기 위해 줄지어 기다린다

나도 내 얼굴을 알아볼 수 없다

나는 내가 이렇게 죽을 줄 알았다

잘 가라, 세상!

―「잘 가라, 세상」 전문

"나는 내가 이렇게 죽을 줄 알았다"라는, 아무런 희망과 구원의 가능성이 없는 자포자기의 세계! 세어보니 이번 시집에 죽음이 등장하는 시는 모두 15편이다. 이건 인간의 죽음만 따진 거고, 동물도 툭하면 죽어 나간다. 붉나무 아래 죽어 있는 멧새(「붉나무」), 큰 개에게 울지도 못하고 잡아먹히는 토끼(「토끼」), 생피를 원하는 인간들 때문에 목이 잘려 나가는 오리(「목」) 같은 경우뿐만 아니라 "동구 밖 오래된 느티나무가 죽"(「늙은 남자」)고, 해바라기도 "수많은 꽃잎으로 제 얼굴을 마구 쥐어뜯"(「해바라기」)는다.

이걸 가학 취미라고 불러야 할 것인가? 그렇게 단순한 시각으로 볼 건 아니지만 임성용의 시에서 죽음이 유난히 두드러지는 건 사실이다. 그렇다고 해서 시인이 없는 죽음을 불러오는 건 아니다. 그만큼 우리가 사는 세상이 수많은 죽음들 위에 구축되어 있다는 걸 외면할 도리가 없고, 그런 사례라면 얼마든지 찾아서 들이밀 수 있다. 하루에 평균 6명 이상이 일하러 나갔다 집으로 돌아오지 못한다는 통계를 무심히 지나칠 만큼 우리는 가까운 이웃의 죽음에 무감각하다. 어디 산재 사망뿐일까? 자살자 수로만 따져도 경제협력개발기구(OECD) 국가 중에서 선두를 달리고 있다고 하지 않는가. 생각하는 것 이상으로 끔찍하고 상상하는 것 이상으로 참혹한 세상에 던져진 상태에서 희망을 말한다면 그 자체가 이미 기만 아니겠는가.

"죽고 싶어도 사는 사람들"은 "살고 싶어도 죽는 사람들"과 동전의 앞면, 뒷면이다. 삶은 죽음을 향해 달려가고 죽음은 삶을 향해 달려온다. 피할 도리가 없다. 그러다 보니 "살 뜻은 모으지 못하고 죽을 뜻만 모았다"(「살다 보니」)라는 고백이 허투루 들리지 않는다. 대개의 인간은 감당하기 힘든 사건이나 장면을 만나면 도망가거나 외면하는 특질을 지녔다. 그런 독자들을 임성용은 자꾸만 불러 세운다. 도망가면 비겁한 거라고, 여기 이 장면을 똑똑히 봐두라고 말한다. 네가 회피하고 싶은 진실이 여기 있다고, 엉뚱한 데 가서 가짜 진실을 찾으려 하지 말라고 다그친다.

"피 묻은 손이 피 묻은 기계를 붙잡"고 "목숨은 멈출 수 있어도 공장은 멈출 수 없"(「비극을 위하여」)는 세상에서 그럼에도 살아야 할 이유가 있다면 무엇 때문일까? 그저 태어났기 때문에? 죽지 못해 사는 게 인생이기 때문에? 시 속 화자는 "나도 언젠가 집으로 돌아오지 못할 날이 있으리라"고 말한다. 그렇다면 삶이란 비극에 복무하는 것 이상이 아니란 말인가? 비극 안에서도 뭔가 찾아야만 할 의미 같은 게 있지 않다면 얼마나 허무한가. 그래서 임성용은 일찍이 지상이 아닌 하늘에 그림 같고 낙원 같은 이상향의 공장을 세우는 꿈을 꾸기도 했다.

저 맑은 하늘에 공장 하나 세워야겠다
따뜻한 밥솥처럼 해가 뜨고 해가 지는 곳
무럭무럭 아이들이 자라고 웃음방울 영그는 곳
그곳에서 연기 나는 굴뚝도 없애고 철탑도 없애고
손과 발을 잡아먹는 기계 옆에 순한 양을 놓아 먹이고
고공농성의 눈물마저 새의 날갯짓에 실어 보내야겠다
저 펄럭이는 것들, 나뒹구는 것들, 피 흐르는 것들
하늘공장에서는 구름다리 위에 무지개로 필 것이다

—「하늘공장」 부분

첫 시집의 표제작인 위의 작품에서 볼 수 있듯, 사실 임성용은 이상주의자였다. '하늘공장'을 세우는 일이 무망함을 알아챈 그는 농촌으로 들어가 함께 생산하고 함께 판매하는 생산공동체를 만들어서 운영했다. 이상은 아름답고 원대했으나 현실은 냉혹해서 완전히, 폭삭 망했다. 꽤 오래전의 일이다. 그 과정에서 떠안은 수억 원의 부채를 얼마 전에야

거우 갚은 것으로 알고 있다. 안타까운 마음에 파산이나 개인회생을 신청해보라고 권유하기도 했으나, 자신이 진 빚은 자신이 갚는 게 마땅하다며 화물차 운전을 해가며 꾸역꾸역 갚아나갔다. 여기서 실패와 패배의 차이를 잠시 생각해보는 것도 나쁘지는 않겠다. 꿈은 실패했으나 패배자는 되고 싶지 않다는 것, 그게 어쩌면 임성용이 악착같이 빚을 갚아나간 원동력이자 삶을 대하는 태도가 아닐까 싶다. 세상에 지지 않겠다는 오기 같은 것이라고나 할까? 그렇다면 비극만을 안겨주는 이 세상에서 살아야 하는 이유 하나가 떠오르기도 한다. 비극적인 삶도 어쨌든 삶이니까, 비극을 끌어안고라도 악착같이 살아내는 것! 거기서 임성용만의 고집스러운 태도가 드러난다.

세상에 붙들리지 않겠다는 오연(傲然)함

패배자가 되지 않는 삶이란 어떤 걸까? 먼저 떠올릴 수 있는 게 저항과 투쟁 아니면 탈주의 방식이겠다. 저항과 투쟁의 방식은 임성용의 시적 체질에 맞지 않는다. 노동조합 활동을 하거나 노동운동가의 삶을 살지 않아서 그럴 수도 있겠지만(그렇다고 노동문제에 관심이 없다는 건 아니다. 누구보다 노동자들의 투쟁 현장에 연대하는 일을 많이 했다), 무엇보다 임성용이 지금까지 보여준 시적 성취의 탁월함은 노동 현장의 비참함을 생생하게 그려내는 방식에서 왔다는 사실을 기억할 필요가 있다. 끔찍한 현실의 재현, 그것도 아주 세밀하고 잔인하게 그려내는 서술 방식이 독자들에게 충격을 안겨주었다. 첫 시집에서는 주로 인간의 팔다리를 먹어버리는 기계의 냉혹함을 통해 노동 현장의 비참함을 드러냈다면 두 번째 시집에서는 「풀타임」, 「노동 거부 운동」 같은 시편을 통해 자본과 노동의 관계, 계급 문제 등으로 시야를 넓히기도 했다. 이번 시집에서도 「할리데이비슨」, 「벤자민」, 「나의 노동으로」와 같은 작품에서 새로운 변화의 과정을 겪을 수밖에 없는 노동의 가치와 역할에 대한 재정립의 필요성을 보여주고 있다.

노동이 인간을 인간답게 혹은 위대하게 만들어준다든지 노동해방이 인간해방을 가져올 것이라든지 하는 전통적인 노동(운동)관이 더 이상 유효하지 않은 시대로 접어들고 있다. 그에 따라 전투적 노동운동이 퇴조하면서 기존 노동운동의 방식을 바꾸어야 한다거나 아예 노동의 바깥을 사유해야 한다고 말하는 이들이 늘고 있다. 최종천, 백무산 같은 시인들이 그런 작업을 수행해오고 있는데, 그들과 임성용 시인이 갈 길은 다를 수밖에 없다. 임성용만의 방식이 따로 있을 거라는 얘기다. 그렇다면 그 길은 무얼까? 앞에 소개한 시 「잘 가라, 세상」에서 '잘 있어라, 세상!'이라고 하지

않고 "잘 가라, 세상!"이라고 한 대목이 눈길을 끈다. 나는
이게 임성용다운 방식이라고 생각한다. 세상으로부터 내가
버림받아서 떠나는 것이 아니라 내가 세상을 발로 차버리겠
다는 이 오연(傲然)한 태도야말로 세상을 살아가고 버티는 힘
으로 작용할 수도 있겠다는 생각을 한다. 여기서 '차버린다'
는 말은 도피와는 다른 층위의 차원을 말한다. 저들이 만들
어놓은 세상의 질서에 승복하지 않겠다는 적극적인 의지의
표출로 보는 게 합당하겠다는 얘기다.

오리를 잡을 때
칼로 목을 쳐서
피를 받는다
오리 생피를 마신다

오리 목을 치다
오리를 놓쳤다
떨어진 목
오리는 잘린 모가지
피를 뿜으며
생피를 뿜으며

오리는 머리도 없이

아궁이를 헤집고 들어갔다

오리는 어떻게 숨을 곳을 찾았을까

불구덩이 속으로 들어갔을까

너희 손에 죽지 않으리라

내 목숨은 내가 태워 사르리라

―「목」 전문

"내 목숨은 내가 태워 사르"더라도 "너희 손에 죽지 않"겠다는 오기가 자칫 그로테스크하게 여겨질 수 있는 상황을 다루면서도 반전을 통해 시적 감응력을 끌어올린다. 속된 말로 하면 비정한 세상에 대한 임성용식 엿 먹이기라고도 할 수 있겠는데, 스스로 불구덩이 속으로 뛰어들지언정 세상에게 붙들리지 않으려는 이런 도발성이 임성용의 시를 추동시키는 힘으로 작용하고 있다. 해학성을 앞세운 작품이지만 다음과 같은 시에서도 이런 태도를 엿볼 수 있다.

"오늘 경로잔치 하는데, 술 처먹고 버릇없이 놀단 죽어!"

"경노가 누군데?"

"어르신이지 누구야!"

"내가 니 어르신이다, 씨바 꺼!"

"뭐? 이 새끼가!"

금방 사이좋게 지내자 해놓고 경로 때문에 또 싸운다

나는 광렬이가 좋다

―「나는 광렬이가 좋다」 부분

시에 나오는 광렬이는 약간 모자란 인물이다. 그런 인물이 동네 형님들과 이야기를 나누다 느닷없이 "내가 니 어르신이다, 씨바 꺼!" 하는 욕설을 내뱉으며 치받는다. 임성용은 '어르신'의 권위를 인정하지 않는 이런 도발적인 기질에 끌린다. 비록 남들에게 업신여김당하고 바보처럼 뜬금없는 짓을 하지만 그래도 광렬이를 좋아하는 건 남들에게 마냥 순순하지만은 않은 면모를 지니고 있기 때문이다. 임성용이 바라보는 세상은 결코 다정하거나 따뜻한 곳이 못 된다. 위 시에 나오는 술꾼들도 광렬이를 놀리거나 비웃기만 할 뿐 온전한 인격을 가진 인간으로 취급하지 않는다. 비정하고 적대적인 관계가 지배하는 곳, 거기서 자신을 지켜내는 최후의 보루는 자존이다. 그마저 포기하고 무릎 꿇을 때 세상은 더 만만히 보고 한 번 더 짓밟는다.

(…) 이젠 죽었구나, 하면 안 되고 기냥 잡아먹힐 생각으로 뻣뻣해야 사는 거여.

―「호랭이를 만나면」 부분

허리가 잘린 버드나무는 독기를 품고 부어오른 혀를 내밀
었다

─「평야를 떠돌던 독수리가 사라진 후」 부분

"아름다움마저도 저들이 가져간 세상에서"(「아름다운 독재」)
하찮은 존재들이 취할 수 있는, 아니 취해야 하는 자세는 어
떤 걸까? 때로는 "호랭이" 앞에서도 뻣뻣할 수 있어야 하고,
"독기 품고 부어오른 혀를 내밀" 수 있어야 하지 않겠는가.
세상에 대한 적의마저 없으면 버텨내지 못한다는 걸 임성용
은 생래적으로 알고 있다. 때로는 위악적인 포즈로 나타날
때도 있지만 그게 잔혹한 세상에 맞서는 나름의 생존 방식
이기도 하다.

　그런 세상으로부터 탈주하는 길은 없을까? 많은 이들이
즐겨 보는 텔레비전 프로그램 중에 〈나는 자연인이다〉라는
게 있다. 세상을 버리고 산속에 들어가 혼자 사는 사람들을
조명하는 내용이다. 프로그램에 나오는 사람들은 한결같이
만족과 행복에 겨운 표정을 하고 있다. 하지만 시청자들 중
그런 삶을 동경은 할지언정 당장 모든 것을 버리고 산속으
로 들어가는 사람은 드물다. 그저 대리만족에 그칠 뿐이다.
그토록 행복한 세상이 기다리고 있는데 사람들은 왜 그런
삶을 따라나서지 않을까? "세상 같은 건 더러워 버리는
것"(백석, 「나와 나타샤와 흰 당나귀」)이라고 말한 시인도 있었지

만, 그건 현실의 삶이 아니다. 삶이라는 말의 엄중한 의미에 비추어본다면 그런 걸 진짜 삶이라고 할 수는 없지 않은가. 세상과 삶은 서로 맞물려서 돌아가는 톱니바퀴의 관계와 같다. 세상을 벗어난 삶은 현실과 유리된 삶일 뿐이고, 삶이 거세된 세상은 환상 내지 가상의 공간일 뿐이다. 산으로 들어가는 건 개인의 선택이니 존중해야 하지만 거기서 삶의 일반성을 끌어올 수는 없는 일이다. 현실 삶에서의 진정한 탈주는 오로지 죽음뿐이다. 사회적 타살에 해당하는 죽음 역시 탈주의 범주에 넣어볼 수 있는데, 그런 경우는 강요된 탈주라고 부를 수도 있겠다. 과로로 사망한 택배노동자(「저녁이 있는 삶」)와 고등학교 실습생 영국이와 민호(「30년」)의 죽음 등 임성용의 시에는 그런 식으로 강요된 탈주가 자주 등장한다.

잠이 올 것 같지도 않은 밤에
잠은 오더니
꽃이 필 것 같지도 않은 봄에
꽃은 피었네

늦잠도 많은네
잠 좀 자게 놔둘걸
일어나라고 깨워서

미안해, 미안해
우리 좋아하는 계절은
또 오고 넘어지고
이제 오래도록 잘 자요

—「봄밤」 전문

짧으면서도 담담한 진술이 오히려 깊은 슬픔을 전해준다. "늦잠도 많은데/ 잠 좀 자게 놔둘걸/ 일어나라고 깨워서/ 미안해, 미안해"라는 화자의 회한 어린 진술이 독자의 가슴을 아프게 찔러온다. "좋아하는 계절은 또 오"고 꽃도 피우지만 그 계절조차 "넘어지고" 마는 게 우리가 마주하고 있는 현실이다. 그런 현실을 벗어나 (강요된) 탈주에 이르기 전까지는 어떻게든 살아내야 하고, 그 과정은 대체로 치열함과 눈물겨움을 동반한다. 세상에 지지 않기 위해 기를 써야 하는 안간힘은, 그게 비록 세상이 처놓은 가혹한 운명의 그물에 포획된 것일지라도 가상한 바가 있다.

경비실 앞, 화단에
배가 터진 사마귀가
계속 움직이고 있다
눈을 또릿또릿
모가지를 돌리고 있다

경비실 앞, 도로에
떠돌이 개가
자동차에 치여
뱅뱅 돌며 피를 흘리며
비틀비틀 뛰고 있다

경비실 앞, 출근 시간에
스리랑카에서 온 딜란타가
무릎까지 깁스를 하고
목발을 짚고
손가락 지문을 찍는다

—「경비실 앞」전문

   내게 보내왔던 이 시의 초고 마지막에는 "살날이 멀다"라는 구절이 붙어 있었다. 사족 같아서 나중에 빼버렸겠지만, 나는 그 구절을 보면서 여러 생각을 했었다. 배가 터진 사마귀와 자동차에 치여 피를 흘리는 떠돌이 개는 자신의 몸을 악착같이 삶이 있는 쪽으로 돌리려 애쓴다. 어떤 희망을 바라서가 아니다. 마지막 숨을 놓기 전까지는 어쨌든 살아 있는 목숨이고, 그게 본능이기 때문이다. 살다 보면 언젠가는 좋은 날이 올 거라는 믿음을 가지고 딜란타가 깁스를 한 채 출근해서 손가락 지문을 찍는 건 아니다. 존재의 처연함과 현실의 냉혹함을 읽을 수 있을지언정 거기서 미래에 대한 희망이나 불굴의 의지 같은 걸 읽어내기는 어렵다. 1, 2연과 연결해 읽을 때 더욱 그렇다. 죽음이라는 과정을 통해 이 세상에서 영원히 탈주할 때까지는 아직 많은 날들이 남아 있으며, 그럴 때 '살날'은 앞으로 견뎌야 할 희망 없는 날들의 시간과 다름없다. 모든 생명체와 인간은 죽음을 향해간다. 그래서 '살날'이란 '죽을 날'을 끌어당기고 있는 시간이라고도 할 수 있다. 그런 면에서 볼 때 임성용의 시는 지독하리만치 냉정하다. 진통제를 처방해서라도 잠시나마 현실의 고통과 상처를 잊게끔 위무해주려는 모습을 보이지 않는다. 어찌 보면 비관주의자라고도 할 수 있겠는데, 타고난 기질에서 기인하는 것도 있겠지만 스스로 부딪치며 겪어온 삶에서 체화한 것이라고 보는 게 옳을 듯싶다.

지금 여기를 살아내는 방식

현실에서의 탈주가 막혔을 때 사람들은 곧잘 과거로 도피하곤 한다. 그건 어린 시절의 아름다운 추억일 수도 있고, 떠나온 고향에 대한 그리움일 수도 있다. 그런 정서를 노래한 시들을 찾자면 무척 많다. 하지만 임성용에게는 그런 길마

저도 없다. 스스로 막아버렸다고 할 정도로 철저히 차단막
을 치고 있다.

> 무성한 풀들이 키를 넘는 옛집에서
> 휘청, 가죽나무 뻣뻣한 잎사귀만
> 무너진 담장 밖을 바라보고 섰네
>
> —「귀산리 옛집」 부분

옛집의 풍경이 이러한 데다, 이번 시집에서 유일하다시피
아름다운 정경을 그리고 있는 「꽃순이 할매」에서도 화자는
"난 본래 세상에 태어난 적 없"다고 말한다. 과거의 시간을
거쳐 현재에 도달한 건 맞지만, 임성용의 기억 속 과거의 시
간과 풍경은 썩 아름답지만은 않다. 더구나 돌아가려 해도
과거가 옛 모습 그대로 남아서 기다려주고 있는 것도 아니
다. 마모되고 훼손된 시간을 복원할 길이 없다는 것도 직시
할 필요가 있다. 첫 시집에서는 그래도 고향으로 돌아갈 꿈
을 버리지 않고 있었다. 첫 시집 맨 뒤에 실린 시에서 "돌아
가리 캄캄한 떨림으로 돌아가리/ 바싹 마른 개울물 흔적 따
라/ 녹슨 삽자루 뼈가 묻힌 옛집에"(「망향(望鄉)」)라고 말하고
있기 때문이다. 하지만 그로부터 많은 시간이 흐른 지금은
그런 꿈조차 버린 걸로 보인다. "우리는 영영 돌아갈 수
없"(「비누 경찰」)으며, "떠나온 곳으로 돌아가기 위한 모든 시

도들은 실패했다"(「평야를 떠돌던 독수리가 사라진 후」)는 고백이 그런 정황을 뒷받침해주고 있다. 그러니 어쨌든 바로 여기서 현재의 시간을 살아내야 한다. 다른 길이 없다는 것, 그게 임성용의 시가 지닌 현재성이자, 독자들에게 아름다운 과거나 미래를 향한 섣부른 희망에 들려 있지 말 것을 요구하는 시적 전언이다.

    강에서 태어난 안개는 여태 걷지 못하고
    지난밤의 고요를 덮고 있었다

    버드나무에 가려 보이지 않던 사람 하나가
    성긴 바람의 그물에서 빠져나와 손을 흔들었다

    적암까지 태워줄 수 있느냐고 물었다
    아직 적암행 버스도 다니지 않는 이른 시간이었다

    쉰다섯이라고 했다
    쉰다섯으로 뭉친 머리카락이 허름한 집을 짓고 있었다
    쉰다섯에 어디 일자리 찾기가 쉬운 일이 아니죠

    염색공장을 나와 플라스틱 사출공장을 나와
    도로포장 공사장에서 여름을 보냈다고 했다

돈을 못 받아 현장을 찾아왔다 가는 길이라고 했다

적암에 가면 인삼밭에서 가을을 거뜬히 지낼 수 있지요
겨울이면 소나 돼지를 먹이는 농장 일이 그나마 낫지요
말을 더듬더듬 끊어 그는 빠진 앞니 하나를 보여주었다

적암 가는 고갯길을 따라 끈질기게 기어오르는 안개
안개가 인도하는 숲을 지나 언덕 넘어 벼랑 끝까지 갔으나
적암이 어디인지 이름만큼이나 한없이 적막하고 멀었다

——「적암」 전문

　여기 쉰다섯의, 앞니 하나가 빠진 사내가 있다. 앞니가 빠졌다는 건 그만큼 신산한 삶을 살아왔다는 걸 방증하며, 지난여름에 떠돌던 공사 현장을 나열하는 것으로도 충분히 삶의 이력을 짐작할 수 있다. 그런 사내가 가을과 겨울 지낼 곳을 찾아가려고 지나가는 차를 향해 손을 흔든다. 적암이라는 지명이 주는 어딘지 모를 아득함과 쓸쓸함, 그리고 안개가 둘러싼 풍경이 독자의 감정선을 파고드는 서정의 세계로 이끈다. 찾아가고자 하는 곳이 "이름만큼이나 한없이 적막하고 멀"지만, 그리고 그곳에 대단한 희망이 기다리고 있는 건 아니지만, 사내가 두 계절을 보낼 수 있는 근거지 역할은 해줄 것이다. 그 정도면 됐다는 듯 사내의 말은 삶에

대한 최소한의 긍정을 담고 있다. 희망은 없지만 그렇다고 절망도 아닌, 살아내는 일 자체에 몸을 맡기고자 하는 태도에서 왠지 모를 안도감 같은 걸 느끼게도 해준다. 이런 측면은 그동안 임성용 시가 보여준 풍경과는 사뭇 다른 결을 엿볼 수 있게 한다.

이번 시집의 특징 중 하나가 밥을 이야기하는 대목이 여러 번 나온다는 사실이다. 이전 시집에서도 밥을 이야기하고 있는 대목이 아주 없었던 건 아니지만 이번 시집에서는 몇 편의 시에서 밥 먹는 장면을 중요한 장치로 사용하고 있다.

토끼처럼 눈이 빨간 나는 얌전히 밥을 먹는다

—「토끼」부분

까마귀가 죽은 고양이를 먹고 있는 곁에서
산 고양이들이 밥을 먹는 아침이 왔다

—「풀밭 위의 식사」부분

밥은 목숨 줄이다. 그러므로 어떤 상황에서도 밥은 먹어야 한다. 비록 자신의 동료나 가족이 큰 변이나 죽음을 당했다 할지라도 멈출 수 없는 게 목구멍 안으로 밥을 밀어넣는 일이다. 시에서는 밥을 먹는 장면이 무심한 듯 처리되어 있다. 밥 먹는 행위의 제시 외에 특별한 부가 설명이 따라붙지 않는다. 마치 하나의 의식(儀式)을 치르듯 "얌전히 밥을 먹는" 행위는 삶에 순응하는 자세처럼 보이기도 한다. 나아가 순응하지 않으면 어쩌겠느냐는 체념으로 읽힐 소지도 있다. 하지만 다음 시를 보면 꼭 그렇지만도 않다는 걸 알 수 있다.

우아하게 하늘을 날아가는 두루미는
모든 힘을 저 가파른 허공에 쏟아붓는다

한 철 집을 떠나며
허겁지겁 밥을 먹는다
두루미 울음이 목에 걸린다

—「두루미」 전문

이 짧은 시는 시집의 맨 앞에 배치되어 있다. 의도를 담은 배치임이 분명하다. 1연에서 제시하는 것과 같은 시적 상황과 진술은 인상적이기는 하지만 아주 낯선 건 아니다. 1연이 잘 만든 아포리즘의 성격을 지니고 있다면 그 뒤에 2연이 붙음으로써 시적 형상화라는 옷을 입을 수 있었다. "한 철 집을 떠나"는 이유는 필시 밥벌이를 위해서일 터이다. 먼 길을 가려면 배부터 채워야 하리라는 건 당연지사. 그런데 앞에 '허겁지겁'이라는 부사가 붙어 있다. 허겁지겁 밥을 먹어야 하는 사람이 어떤 계층에 속할지는 굳이 설명할 필요가 없겠다. 임성용 시의 전편을 관통하는 인물군에 해당하리라는 건 누구나 떠올릴 수 있는 일이므로. 그렇게 밥을 먹는 목에 두루미 울음이 걸린다. 사는 일은 "모든 힘을 저 가파른 허공에 쏟아붓는" 일이라는 것이니, 전 생애를 의지할 데 없는 허공에 붙들어 맨다는 건 얼마나 막막한 일일까? 그럼에도 허겁지겁 밥을 먹고 길을 나서야 한다. 목에 걸리는 울음을 억지로 삼켜가면서! 삶이란 그런 비애를 안고, 비애와 더불어 한생을 건너는 일이다.

철학자 김진석은 일찍이 초월 대신 포월(匍越)이라는 개념을 제시한 바 있다. 수직적 상승의 개념인 초월이 현실을 뛰어넘어 저 건너 세상으로 훌쩍 넘어가는 거라면 포월은 현실 삶에서 그런 방식은 존재할 수 없으며 고통스럽더라도 현실이라는 바닥을 껴안으며 기어서 넘어가야 한다는 걸 뜻한다. 임성용의 시에 포월이라는 개념을 얹어놓으면 적절하겠다는 생각을 한다. 그럴 때 허겁지겁 밥을 먹는 행위는 현실에 포박된 비참이면서 동시에 포월을 이행하는 행위로 읽을 수 있지 않을까? 두루미와 허공의 관계는 인간과 바닥의 구도로 치환된다. 바닥은 넘어지는 곳이면서 동시에 딛고 일어서는 곳이다. 임성용의 시는 가파른 허공이면서 바닥인 불모의 시간을 희망 없이, 그러나 피하지 않고 껴안으며 넘어가려는 삶들의 연속체로 이루어져 있다.

이야기시 속의 하위주체들

임성용은 시를 쓰기 전에 소설을 쓰고 싶어 했다. 구로노동
자문학회 활동을 하는 동안 줄곧 소설 습작을 했는데 정작
문단에는 시를 들고 나왔다. 두 번째 시집『풀타임』에 이야
기시라고 할 만한 작품이 여러 편 실려 있으며 이번 시집에는
편수가 늘었다. 그런데 지금까지 임성용의 시가 가진 이야
기성에 대한 논의는 별반 없었다. 그동안 임성용이 보여준
노동시편들이 워낙 강렬해서 그랬을 것이다.

　임성용은 소설가를 꿈꿨을 정도로 이야기 만들기를 좋아
하고, 평소에도 이른바 '구라빨'이 대단하다. 임성용의 능청
스러운 거짓말에 홀랑 넘어가는 사람들이 한둘이 아니다.
자주 접해서 임성용을 제법 아는 사람이라면 뻔한 거짓말인
줄을 알기 때문에 같이 낄낄거리며 즐기곤 하지만 그렇지 않
은 사람들은 솔깃한 자세를 풀지 못하고 임성용이 풀어놓
는 구라에 빠져든다. 남도 출신에다 소리꾼 아버지를 둔 덕
에 임성용은 소리도 잘한다. 한때는 판소리 사설을 전부 외
워서 창을 할 정도였다니 취미 차원은 넘어섰다고 봐야 한
다. 이야기꾼 기질은 그런 바탕 위에서 형성됐을 것이고, 줄
곧 이야기시를 써내는 까닭도 거기에 있을 것이다.

　임성용의 이야기시를 한 가지 갈래로 묶어서 설명하기는
힘들다. 콩트나 단편소설 같은 형식을 취한 것도 있고, 설화

나 전설을 차용한 듯한 형식을 보이는 것도 있다. 이들 이야기시들을 보면 크게 두 가지 정도의 특징이 두드러진다. 첫째는 등장인물 중 상당수가 정신이 모자라거나 온전하지 못한 인간들이라는 점이고, 두 번째는 종종 금기와 엽기를 넘나드는 사건을 동반하고 있다는 사실이다. 후자에 속하는 임성용의 시는 더러 잔혹 동화를 떠올리게 한다. 하지만 우리 삶이 잔혹 동화에서 보여주고 있는 현실과 떨어져 있다고 할 수 있을까?

불구와 비정상에 대한 애착은 우리가 정상이라고 생각하는 것들에 대한 반감 내지 반작용에서 오는 것일 수 있다. 정상과 비정상을 가르다 보면 비정상의 범주에 속한다고 판단되는 타자에 대한 억압과 배제가 뒤따르기 쉽다. 그래서 민중 서사는 종종 수난의 역사로 점철되거나 기존의 것을 뒤집어버리는 전복과 혁명의 서사로 발전하기도 한다. 하지만 임성용의 이야기시는 하위주체들의 반발을 그리더라도 전면적인 뒤집기를 시도하지는 않는다. 기껏해야 펄펄 끓는 동지팥죽을 끼얹거나(「동지팥죽」), 장사가 최 부자를 혼내주려고 커다란 선돌을 뽑아 들지만 직접 내려치지는 않는다든지(「장사」), 본처를 토끼 막에 가둬 죽인 예당 선생을 비난하면서도 유허비를 뽑아버리는 데까지는 가지 않는(「예당선생유허비(禮堂先生遺墟碑)」) 것들이 그러한 예이다. 그게 하위주체들의 생존 방식일 수도 있겠다는 점에서 지금 현재를 살아가는 노동자나 하층민들의 태도와 겹쳐 보이기도 한다. 그런 가운데 「열애」의 주인공이 들려주는 쓸쓸한 인생사는 운명의 가혹함과 그에 따른 회한을 이야기하면서도 완전한 낙담으로는 기울지 않고 있다.

> 얼굴이 많이 검다.
> 살아 있으니까 죽을 날이 오는 거야.
> 사랑했으니까 사랑이 끝날 날이 오는 거야.
> 아무도 어느 누구도 사랑했다고 말하지 마.
> 날은 춥고 아무 데도 가기가 싫었다.
>
> ─「열애」 부분

자칫 신파로 들릴 수도 있으나 열심히 살았고 열심히 사랑했다는 것, 어차피 삶은 끝을 향해 가는 것이라는 진술을 통해 저 앞에서 말한 '최소한의 긍정'이 여기서도 작용하고 있음을 확인할 수 있다. 바로 앞부분에 나오는, "애를 안 낳아서 그런 건지 유방암이 걸렸지 뭐야"라는 진술을 통해 회한을 토로하고는 있으나 그렇다고 과거의 생애를 부정하지는 않는다. "죽을 날"과 "끝날 날"보다 "살아 있으니까"와 "사랑했으니까"라는 말에 더 방점이 찍혀 있는 것으로 나는 읽었다.

이번 시집에서 흐린 톤의 목소리로 어찌해볼 수 없는 절망과 무기력에 빠진 듯한 모습을 보여주는 「흐린 저녁의 말들」
의 결구는 다음과 같다.

> 저녁노을은 검은 수의를 하늘 건너편에 던지네
> 출렁이는 지평의 끝에 새가 헤치고 간 길이 있네
> 새들의 노래는 배우지 않아도 그 마음 알 수 있네
> 목이 긴 새들이 무슨 말을 나누며 쉼 없이 날아가네
>
> —「흐린 저녁의 말들」 부분

이 시에서도 나는 마지막 문장에 주목한다. "쉼 없이 날아
가"는 "목이 긴 새들"의 존재와 그들이 서로 "무슨 말"인가
를 나누고 있다는 사실을 중요하게 받아안아야 하지 않을
까? 그럴 때 "검은 수의"와 같은 부정적인 어휘에 감싸인 암
울함을 극복은 아닐지라도 견디며 버텨낼 수 있는 게 아닐
까? 희망이 보이지 않는 세상에서 그렇다고 절망의 나락으
로 자신의 몸을 밀어 넣을 수는 없는 데서 오는, 어떻게든 생
은 이어져야 하고 이어가야 한다는 의지와 안간힘이 임성용
의 시를 끌어가는 동력일 거라는 생각을 했다.

> 나무를 껴안으며 손과 발의 지느러미를 움직이며
> 산을 넘어 쏜살같이 화물차를 몰고 달려간다
>
> —「지느러미」 부분

175

화자가 "쏜살같이 화물차를 몰고 달려가"는 곳은 자신의 밥벌이를 위한 일터일 것이다. 삶의 엄중함에 대한 이런 태도를 견지하는 데서 임성용의 시는 출발한다. 그런 삶과 시의 종착점이 어디일지에 대해서는 그나 나나 알지 못한다. 노동의 형태가 변하고 있고, 그에 따라 사회 구성원들의 삶의 양태도 변할 수밖에 없지만, 그보다 중요한 건 어쨌거나 살아내는 일이다. 그런 악착같음이 철학자나 사회과학자들이 내놓는 분석과 전망, 혹은 시인들의 펜 끝에서 나오는 예지 가득한 시들보다 더 중요할 수도 있지 않을까? 시가 사라지거나 필요 없는 날은 상상할 수 있어도 삶이 사라진다면 그때는 모든 의미가 광활한 우주 저 너머로 먼지가 되어 날아가 버리고 말 테이므로. 그러니 일단 살아라, 이게 현재가 던져주는 가장 강력한 시적 전언일 수도 있겠다.

닫지 않고 열어두는 마무리

여기까지 써놓고 보니 이야기가 처음으로 돌아온 느낌이다. 혹시 모를 오해를 피하기 위해 덧붙이자면 '일단 살아라'라고 한 말이 현세의 제도와 질서에 순응하라는 말과는 다르다는 점을 상기시키고 싶다. 임성용은 노동시편을 집중 배치한 3부에 공을 들였다. 임성용에게 따라붙곤 하는 '노동자 시인'이라는 레터르는 축복일까, 족쇄일까?

모든 체제는 완고하다. 그만큼 체제를 깨부수거나 균열을 내기란 지난한 과업일 수밖에 없다. 어렵다고 포기해서는 안 되지만, 쉽게 이룰 수 있는 일도 아니다. 4차 산업혁명이라는 말로 미래를 선취하려는 자본가들의 동맹 체제는 여전히 막강하고, 그에 맞서는 노동자들의 전략은 기존의 관성에 매여 있다. 단시간 안에 구도를 바꿀 만한 힘과 지혜를 갖추고 있지 못한 게 엄연한 현실이다. 그런 가운데 노동자 시인은, 노동시는 무엇을 할 수 있을까? 임성용이 3부에 공을 들였다는 말을 뒤집으면, 그만큼 '노동자 시인'이라는 레터르에 붙들려 있기도 하다는 사실을 방증한다. 스스로 붙인 건 아닐지라도 한번 붙으면 떼어내기 쉽지 않은 게 레터르이기도 하다. 자신에게 주어진 과업을 인식한다는 건 중요하다. 하지만 스스로 설정한 과업이 아닌 주어진 과업에 충실할 때 그 너머 혹은 과업이라는 말에 깔린 아래층의 심연을 보는 일의 엄중함을 놓치는 수도 있다. 그 너머를 볼 것인가 아니면 아래층의 심연을 볼 것인가 하는 점이 앞으로 임성용 시인이 풀어야 할 숙제가 되리라는 짐작을 해본다.

어느 길을 가야 할지 고민하는 동안 가을이 가고 깊은 겨울이 올 것이다. 길은 항상 여러 갈래이되, 궁극의 길은 좀처럼 제 모습을 보여주지 않는 법이다. 임성용 시의 앞날에

영광보다 저 두꺼운 얼음장 같은 막막함이 깃들기를 바란다. 시는 본래 막막함에서 태어나는 것이니 이 말이 악담이 아니라 덕담이 될 수 있을 거라고, 어설픈 글을 끝내며 나는 마지막으로 우겨보는 것이다.

흐린 저녁의 말들

초판 1쇄 발행 • 2021년 4월 5일

지은이 • 임성용
펴낸이 • 황규관

펴낸곳 • 반걸음
출판등록 • 2018년 3월 6일 제2018-000063호
주소 • 04149 서울시 마포구 대흥로 84-6, 302호
전화 • 02-848-3097
팩스 • 02-848-3094

디자인 • 정하연
인쇄 • 스크린그래픽

ⓒ임성용, 2021
ISBN 979-11-963969-7-8 03810